COLLECTION
Cascade

ÉRIC SANVOISIN

UNE FILLE DE RÊVES

ILLUSTRATIONS DE
CATHERINE CHION

RAGEOT-ÉDITEUR

Pour Pascale, tout simplement.
Chaque seconde partagée est un mot,
Chaque minute une phrase,
Chaque jour une page,
Chaque année une histoire.
Et le tout fait une vie à deux...
Ou à huit !

Pour Christian Grenier
et sa Fille... de 3e B, *sans qui ce roman*
ne serait pas tout à fait le même...

Collection dirigée par Caroline Westberg

Couverture : Gilbert Raffin
ISBN 2-7002-2544-3
ISSN 1142-8252

LUNDI 1ER AVRIL

Lundi 1er avril

Chute de grenouilles et de crapauds prévue sur toute la France

J'ai la rage
Juste ce qu'il faut.
J'ai la haine,
Oui,
Mais pas trop.

Il n'y a pas de quoi rire. C'est un poème que j'ai écrit. Chaque jour, j'en invente des dizaines comme celui-là. Ça me détend. Car j'ai la rage, parfois plus qu'il ne faut et la haine, je l'ai beaucoup trop.

Je suis tout seul dans mon coin. Ma vie est un poème qui ne rime à rien. Mes parents prétendent que je suis spécial. Les copains affirment que je déraille. Les filles disent... Non, les filles ne disent rien. Elles ne me regardent même pas. Pour elles, je crains.

En fait, je ne m'aime pas beaucoup. Enfin, ça dépend des jours. Je suis comme la météo. Changeant. Imprévisible. Quand on annonce du soleil, du grand beau temps, je pleus. Quand on prévoit du vent, des averses, de la neige, je brille.

Finalement, les copains ont raison. Il y a chez moi quelque chose qui ne fonctionne pas.

Une case en moins. Enfin, copains, c'est un peu exagéré. Collègues, je préfère. Des amis, je n'en ai pas. Comme ça, je ne me fâche avec personne.

J'ai douze ans.
Je m'appelle Élie.
Tout va mal
Mais je survis
Grâce à la poésie...

Mardi 2 avril

Des décalcomanies comme s'il en pleuvait

Hier, c'était l'automne dans ma tête.

Hier, j'ai menti.

J'ai un copain, un vrai, un tatoué. Yannick. Décoré à l'effigie de Malabar, le célèbre héros des chewing-gums. Il est un peu jeune, Yannick. Il a le mental d'un C.M.2 ! Mais je l'aime bien.

Sa passion pour les décalcomanies est impressionnante. Habillé, on ne voit rien. Il est nickel, Yannick. Toujours tiré à quatre épingles et propre comme une savonnette. Mais à la piscine, ouallah ! une bande dessinée ambulante ! Partout des images sont collées sur sa peau. Comme son maillot de bain est dans le même style, très coloré, on a l'impression qu'il porte une combinaison !

Je l'appelle le décalcomaniaque !

Les filles n'apprécient pas trop. Sauf Julibelle. Elle adore les garçons imprimés. Yannick et elle sont ensemble depuis trois mois. Ça fait un bail !

Julibelle n'est pas son véritable prénom. Julie, en vrai. Julie Bel, officiel. Mais ce surnom lui va si bien. Moi, je ne l'appelle plus que comme ça et je crois qu'elle aime. Des Julie, il y en a à la pelle. Des Julibelle, il n'en existe qu'une seule.

Yannick est très fier de sortir avec elle. Je l'envie. Julibelle est formidable. Il m'arrive de l'appeler Joliebelle. Chouette de lapsus ! Elle est superbe. Je vais peut-être me mettre aux décalcomanies...

Mais le collège vient d'apparaître devant moi. Une sorte de monstre de pierre composé d'une vieille école primaire contre laquelle a poussé un bâtiment plus moderne. Fini de rêver. Les choses sérieuses commencent.

Tiens, justement, voilà Yannick.

Je le repère de loin avec sa silhouette de cigarette. Tout en longueur, rien en largeur. Il est plus épais de profil que de face ! Ses cheveux forment une touffe au sommet de son crâne. On dirait un plumeau.

– J'en ai une nouvelle ! me déclare-t-il tout de go.

Je m'étonne.

– Une nouvelle quoi ?

– Devine !

– Une nouvelle copine ?

– Idiot ! Une Julibelle, ça ne se remplace pas.

Je suis d'accord à cent pour cent.

– Une nouvelle décalco, précise-t-il pour couper court à mon erreur d'interprétation.

Ah, ce n'était que ça ! S'il savait comme je m'en contrefiche !

Par politesse, je demande :

– De quoi ?

– Dragon Ball Z !

– Ça existe encore ?

J'ai adoré cette série de dessins animés et les bandes dessinées qui ont suivi. J'ai même essayé une fusion pour me transformer en super-combattant comme Sangoku et ses potes. Mais ça n'a pas marché. Je suis resté le même, avec la même TTT : Triste Tronche Timide. Maintenant, je ne lis plus que des mangas pour les vieux. C'est hard mais je vibre.

– Ouais, ça existe encore, nullos ! répond Yannick, un peu vexé. Mais celle-là est extraordinaire. Suivant l'orientation de la lumière, le personnage change de forme. Il se transmute au moins dix fois. Tu veux la voir ?

Si je parvenais à me procurer un hologramme du même genre, je pourrais peut-être le lui échanger contre Julibelle ?

Tu rêves, le poète !

Yannick pose son sac sur le trottoir et farfouille dedans.

– Laisse, je la verrai à la piscine.

– Ce sera trop tard ! Tu ne verras rien.

– Pourquoi ?

– Parce qu'elle ne sera pas visible.

– Merci de la précision.

Yannick note mon manque d'enthousiasme.

– Elle sera cachée par mon maillot de bain. Plus de place nulle part, je vais me la coller sur une fesse !

Pauvre Julibelle. Yannick est un maniaque tout court. C'est une maladie qui ne se soigne pas.

À la piscine, il ne se baigne même pas. Ses décalcomanies ne résisteraient pas à l'eau chlorée. Il s'assied au bord du grand bassin pour que les filles l'admirent.

Le décalcomaniaque
Est insomniaque.
Il ne dort que d'un œil
Et surveille de l'autre
Ses décalcomanies,
Ses tatouages
Et ses hologrammes
De peur qu'ils ne s'effacent
Pendant la nuit...
Le décalcomaniaque
Est insomniaque !

Mercredi 3 avril

Temps sec mais gris

Certains veulent devenir médecins, pilotes de course ou basketteurs professionnels. Moi, dans la vie, j'aimerais être amoureux. Enfin, amoureux n'est pas le mot exact. C'est facile d'être amoureux, tout seul dans son coin. On peut aimer mille filles à la fois sans gêner personne. Les séduire, c'est beaucoup plus difficile. Alors l'amour partagé, c'est presque impossible.

J'aimerais être deux mais j'ai peur de me prendre une claque ou, pire, un rire. Le mépris d'une fille, c'est mortel. Rien que d'y penser, ça me donne des boutons partout ; déjà que je commence à avoir de l'acné !

L'envie de vivre le Grand Amour m'obsède. Je l'appelle l'Amour Majuscule mais je me sens si minuscule...

Je suis un romantique. Dans les recueils de poésie, l'amour est au coin de chaque page. Je me souviens du début d'un poème de Germain Nouveau qui me hante souvent quand j'admire une fille inaccessible.

« Comme une ville qui s'allume
Et que le vent vient d'embraser,
Tout mon cœur brûle et se consume,
J'ai soif, oh ! j'ai soif d'un baiser.

Baiser de la bouche et des lèvres
Où notre amour vient se poser
Plein de délices et de fièvres,
Ah ! j'ai soif, j'ai soif d'un baiser ! »

Ce baiser, moi aussi, je l'attends, je le guette. Chaque soir. Au moment où le soleil se couche...

Mon œil est un télescope hyper-puissant. En pyjama, je me poste devant la fenêtre de ma chambre et je regarde les étoiles. Mon astre à moi s'appelle Sybille. Elle brille dans la constellation de ma cité, le bâtiment en face du mien, même étage. Nos chambres sont sur la même longueur d'onde. Coïncidence cosmique.

Je l'observe par amour, pour savoir ce qu'elle fait, ce qu'elle aime. J'essaie d'évaluer mes chances : elles ne sont pas lourdes. Sybille est trop belle pour moi. Nous sommes dans le même collège mais pas dans la même classe. Forcément, Sybille est en quatrième, moi en cinquième. Et c'est hyper-raide de draguer une nana plus vieille que soi. De toute façon, les filles de ma classe sont des bébés, excepté Julibelle et Marie Duchiron, sa meilleure copine.

Mais comment prouver à Sybille que je suis plus mûr que les garçons de mon âge ?

J'ai demandé conseil à Yannick. D'abord, il s'est moqué de moi.

– T'as qu'à te coller des décalcos partout !

Je n'ai pas trouvé ça très drôle. J'ai tiré une de ces tronches ! Alors, voyant que c'était du sérieux, il a essayé de me remonter un peu le moral.

– Il faut le lui dire.

– Mais comment ?

Sa bouche s'est tordue dans tous les sens pendant qu'il réfléchissait.

– Coince-la dans un coin et dis-lui : Je t'aime, pas toi ?

– C'est comme ça que tu as dragué Julibelle ?

Il n'a pas osé me raconter des histoires car, avec Julibelle, la vérité éclate toujours.

– Pas exactement. C'est elle qui a tout fait. Moi, j'étais paralysé.

Triple veinard, va !

– J'oserai jamais lui dire à brûle-pourpoint un truc pareil, ai-je tranché.

« Je t'aime, pas toi ? » Jusqu'au « Je », pas de problème. Mais après, ouallah !

– Alors écris-lui un petit mot pour lui expliquer que t'es mordu ! a proposé Yannick.

Ce n'était pas une mauvaise idée. Je me débrouille mieux en français qu'en amour. Heureusement, ce n'est pas une matière que l'on étudie au collège...

Amour : 0. Peut mieux faire...

– Je vais essayer. Mais j'ai besoin d'un messager. Je n'oserai jamais lui donner moi-même ma lettre.

J'espérais qu'il allait me proposer son aide. Mais non ! Il attendait que je me mette à genoux devant lui.

– Yannick, tu pourrais pas...

– O. K. Contre une décalco, je ferais n'importe quoi pour toi.

– Sale rat !

Il est facile d'acheter Yannick. Ce n'est peut-être pas l'ami le plus sûr mais c'est le seul que j'ai.

Alors j'ai accepté.

Le soir même, j'ai expédié mes devoirs pour consacrer la soirée entière à mon message. J'avais du pain sur la planche. Je me suis mis en tête d'écrire un poème. Aussi beau et aussi fort que *Le Baiser* de Germain Nouveau…

Mais quel style choisir ? Adopter un ton inadéquat pouvait tout gâcher.

J'ai essayé le style verger :

Tu es belle comme une mirabelle,
Gentille comme une myrtille,
Douce comme un pamplemousse,
Brune comme une prune
Et coquine comme une mandarine.

On aurait dit une liste de courses. Il ne manquait que les quantités.

J'ai tenté le style m'as-tu-vu :

Tu es ma cigarette bien roulée.
J'ai envie de te fumer.
J'ai envie que tu me fasses tousser.
Si seulement je pouvais t'allumer…

Elle m'aurait écrasé comme un vieux mégot. « Si t'es amoureux d'une cigarette, va draguer une gitane ou une gauloise ! » La réplique était facile ; elle m'aurait tué sur place.

Il me restait le style verlan :

Sybille, j'ai un gros blème.
Dès que je te téma,
Je suis dans le cosmos.
Mais dès que je te cause,
J'suis québlo.
Grave !

L'ennui c'est qu'aucun de ces poèmes ne correspondait à mon propre style. Ça manquait terriblement de romantisme et de spontanéité.

J'étais amoureux à mort. Un refus de sa part et elle me suicidait.

J'ai boxé mon oreiller. De désespoir, de rage et de dépit. Quand il a été K.-O., j'ai reposé ma tête dessus et je me suis dit : « Élie, t'es qu'un gros ouf… »

J'étais malheureux.

Jeudi 4 avril

Soleil de plomb dans la nuit blanche

Sur le coup de trois heures du matin, l'inspiration m'est venue. Je n'étais plus très frais. Mes yeux se fermaient tout seuls. Mon esprit a perdu son self-control et ma main, d'une écriture automatique, a griffé sur le papier ces quelques vers :

Sybille,
Tu es ma bille,
Tu es ma perle.
Sans toi, je suis une huître,
Une coquille vide,
Un fantôme des bas-fonds,
Une épave des abysses.
Sauve-moi !
Remonte-moi !
Renfloue-moi !
La lumière est là-haut,
Dans tes yeux.
Ma bille de nacre,
Ma perle de verre,
Sybille, je TE aime.

Sybille rigolerait dur en lisant mon S.O.S., mais c'était toujours mieux que de bafouiller devant elle. J'ai tellement peur du regard des autres. Surtout de son regard à elle.

Je l'ai quand même recopié au propre sur une feuille de papier extra-blanche. Ensuite, je me suis mis à quatre pattes dans mon lit pour chercher le sommeil. C'est lui qui m'a trouvé le premier, par surprise.

Vendredi 5 avril

Il pleut des tuiles et des grêlons gros comme le poing

– Tiens, v'la Élie, c'te flipette !

C'est Moussa, une grosse brute. Enfin pas vraiment gros mais méchant. Tout le monde, au collège, le surnomme le Cainf, c'est-à-dire l'Africain. Moi, je ne suis pas raciste. La couleur de sa peau, je m'en fiche. Mais sa cruauté me dérange. Je le déteste.

Il est en troisième depuis trois ans. Ça doit drôlement lui plaire, la troisième, pour qu'il s'accroche autant. Il est beaucoup plus vieux que moi. Je crois que c'est le doyen du collège, mis à part les profs et le personnel administratif. Depuis le début de l'année, je ne sais pas pourquoi, il m'a pris en grippe. Je suis devenu son souffre-douleur sans avoir rien demandé. Il paraît que j'ai été tiré au sort. Je n'ai pas de chance au jeu.

Le Cainf ne rate pas une occasion de m'enfoncer. Mais ce matin, il a décidé d'aller plus loin. Sa mauvaise humeur se lit sur son visage. Une horrible grimace déforme ses traits. On dirait un masque de sorcier africain...

Ses lieutenants m'ont sauté dessus dès que j'ai eu franchi le portail. J'ai crié et je me suis débattu, mais une main s'est plaquée sur ma bouche et des tenailles m'ont immobilisé les bras dans le dos. Ils m'ont entraîné derrière un bâtiment et là, les ennuis ont réellement commencé.

Moussa a ouvert mon cartable et l'a vidé dans une flaque d'eau. Je n'ai pas bronché. À quoi bon ? Je n'étais pas de taille à sauver mes cahiers.

– Paraît qu't'es une pointure en français. Moi, j'aime pas le français et les Céfrans encore moins. T'es qu'un blanc-bec, flipette !

Ce que je craignais le plus est arrivé. Il a trouvé l'enveloppe parfumée qui dépassait de mon cahier de textes. En l'examinant sous toutes les coutures, il s'est livré à quelques commentaires. Je bouillais de rage.

– Une enveloppe sans adresse dessus, c'est chelou. P'têt que ta remeu elle écrit au principal pour lui dire qu'tu travailles pas assez bien ! Que si t'avais vingt-deux sur vingt, ça serait mieux ! Ou p'têt que c'est la note de la cantine, en chèque ou en liquide ! Ouais, en liquide, ça serait puissant ! Mais vu comme elle cocotte, je pencherais plutôt pour une déclaration d'ourma à une pétasse.

– Vas-y, ouvre, le Cainf ! l'ont encouragé ses acolytes.

Je l'ai maudit intérieurement, c'était à peu près tout ce que je pouvais faire. Mais ça devait se voir à l'extérieur parce que j'ai reçu une beigne.

Il a déchiré l'enveloppe et a lu mon poème à sa manière, entre deux éclats de rire. Il n'avait plus rien d'une déclaration d'amour.

– Une huître, voilà ce que t'es ! T'as bien raison. À partir de maintenant, ça sera ton surnom : l'Huître !

J'ai esquissé un geste pour lui arracher la feuille. Il s'est éloigné sans prêter attention à ma révolte, suprême insulte. Ses deux lieutenants ont voulu me punir pour ce crime de lèse-majesté mais il leur a fait signe de laisser tomber, nouvel affront. Je n'avais pas assez d'importance pour qu'ils me cassent la gueule...

– Sybille, je la connais, a-t-il repris en se retournant. C'est pas une grognasse. Tu vises haut pour une huître. Elle va bien se marrer en lisant ton truc. Je te garantis le résultat. Tu seras grillé dans tout le collège pour un bon bout de temps. Dis, ça te dérange pas si je fais le facteur, hein ?

Il fallait répondre. Je m'étais tellement écrasé jusque-là que je me sentais chiffonné.

J'ai marmonné :

– De toute façon, je ne peux pas t'en empêcher, alors...

Comme facteur, j'avais espéré quelqu'un d'un peu plus discret. Une chose était sûre, maintenant. Sybille ne serait jamais pour moi.

J'ai hâtivement ramassé mes cahiers et mes livres, fichus pour la plupart, je les ai bourrés dans mon cartable et...

La chose est inexplicable. Incroyable. Ahurissante. J'ai eu un sursaut de révolte. L'amour-propre, c'est quelque chose !

J'ai suivi le Cainf ! Pas pour lui reprendre ma lettre, le suicide n'est pas une vocation chez moi. Je voulais simplement voir de mes yeux la réaction de Sybille. Je gardais au fond de moi le secret espoir qu'elle n'éclaterait pas de rire.

Le Cainf et ses deux gorilles ont fait la tournée des potes avant d'aborder le groupe de filles au centre duquel Sybille brillait comme une étoile. Elle était la plus belle. Il n'y avait pas photo. Même Julibelle ne tenait pas la distance.

Accroupi sous l'abri à vélos, je me sentais comme un paparazzo en train d'espionner une star. Se croyant invisible, masqué par un téléobjectif géant. J'étais transi d'amour et de froid. J'avais peur.

Si seulement j'avais pu tomber amoureux d'une fille bête et moche. Plus de concurrence ! Plus de sentiment d'infériorité ! Mais soyons honnête, devant un laideron, je n'aurais pas eu davantage confiance en moi. Que la fille soit belle ou pas, elle m'intimide. Parce que c'est une fille !

Le Cainf a remis mon message au moment où retentissait la sonnerie de huit heures trente. Sybille l'a glissé dans la poche arrière de son jean sans le lire, comme si son contenu ne revêtait pas la plus petite importance. Le groupe s'est dispersé. Je suis resté comme un âne au milieu des vélos.

Le prof de maths ne m'a pas raté quand, cinq minutes trop tard, je suis arrivé en cours.

– Tiens, vous voilà enfin, monsieur la lanterne rouge !

C'est vrai, en maths, je suis le dernier. Pas parce que je n'y comprends rien mais à cause du prof. Sa tête ne me revient pas. C'est parfaitement réciproque.

J'ai pensé : « J'ai cherché la voiture-balai, m'sieur, pour abandonner les mathématiques. Mais je l'ai pas trouvée. C'est la raison pour laquelle j'arrive hors délais... » Mais je n'ai pas osé le dire à haute voix.

– Vous avez un mot d'excuse ?

– Pas la plus petite ligne, m'sieur.

– Alors allez chercher un billet de retard chez le conseiller d'éducation.

J'ai fermé la porte si lentement, si doucement, que c'était manifestement une provocation. Mais le prof n'a pas bronché. Rien ne l'émeut. Il est imperméable à tout sentiment humain.

J'ai écrit un petit poème pour lui en début d'année ; un petit bijou de méchanceté !

Mate le prof
C'est un prof de maths !
Il a une tête d'entier relatif
Et n'a même plus de tifs !
Ce prof, c'est une équation.
De niaiserie, il a eu sa ration !
C'est un prof à virgule
Buté comme une mule.
Il se prend pour l'infini...
C'est vrai qu'il n'est pas fini !

Si ce texte arrivait, par hasard, entre ses mains, je ne suis même pas sûr qu'il comprendrait de qui je me moquais.

Dans le couloir, j'ai pensé à Sybille. Je l'ai imaginée en train de s'évanouir à la lecture de mon poème. Ça m'a fait un bien fou mais M. Vergnes, le conseiller d'éducation, m'a brutalement ramené à la réalité. Comme je n'avais aucun motif valable pour expliquer mon retard, il a décidé de m'envoyer en permanence.

C'était injuste.

J'aurais dû obéir sans protester... Au lieu de quoi j'ai ouvert mon sac et j'en ai vidé le contenu sur son bureau. Puis, surpris par mon propre geste, je suis demeuré figé, les bras tendus avec le cartable au bout.

M. Vergnes a observé le monticule humide qui s'égouttait devant lui, consterné.

– Tu as donné un bain de boue à tes affaires avant de venir au collège ?

– Non, m'sieur. C'est le Cainf.

– Qui ?

Il savait pertinemment de qui je parlais. Il ne voulait pas d'un surnom, mais d'un nom acceptable dans son langage à lui.

– C'est Moussa, m'sieur. Il m'a coincé ce matin avec ses copains juste avant la sonnerie. Le temps de ramasser ce massacre, tout le monde était en classe...

– Je vois, jeune homme.

Je suis devenu rouge de confusion. Je venais de signer mon arrêt de mort. Car non seulement il m'a envoyé en permanence avec une punition carabinée pour avoir chamboulé son bureau, mais en plus il a convoqué le Cainf pour vérifier mes accusations. Ce dernier a juré sur la tête de sa mère que je l'avais traité de sale négro.

Ça n'a pas pris avec M. Vergnes qui l'a collé pour trois heures.

En permanence, j'ai longuement claqué des dents. Il me restait quelques heures à vivre ; un avant-goût de l'enfer.

Ensuite, tout s'est enchaîné très rapidement. À la récréation, j'ai eu droit à la lecture publique de mon poème par Sybille en personne. Un honneur dont je me serais bien passé. Elle tournait en dérision le fantôme des bas-fonds qui avait osé levé le nez pour l'admirer, l'épave des abysses qui n'avait qu'à rester là où elle était, la coquille vide et sans cervelle, l'huître. Elle a cité mon nom très haut, très fort, à plusieurs reprises pour enfoncer le clou aussi profondément que possible. Même Yannick n'osait plus m'adresser la parole. Seule Julibelle m'a gratifié d'un pâle sourire de consolation.

– Je ne suis pas une bille, ni une perle. Je suis une fille. Et je ne sors pas avec les p'tits cinquièmes qui n'ont même pas de poils... aux pattes !

Ça, c'était pour la blessure morale.

Pour le physique, c'est arrivé après les cours. Le Cainf en personne m'a alpagué à la descente du car de ramassage et m'a administré une dérouillée magistrale.

Coups de poing, coups de pied, coups de tête, coups de coude, coups bas, il ne m'a rien épargné. J'ai reçu un échantillon gratuit de ses meilleures attaques.

À la maison, j'ai raconté que j'étais tombé.

– Mais mon chéri, ce n'est pas possible, tu es aussi bleu qu'un Schtroumpf ! a objecté ma mère.

Elle avait raison. J'étais méconnaissable. Couvert de bleus. Un peu de sang aussi. Quasimodo...

– Tu es tombé sur un os, a conclu mon père.

Il ne s'agissait pas d'une question mais d'une constatation énoncée sur un ton grave. Il ne semblait pas surpris le moins du monde. Des os, mon père avait dû en rencontrer dans sa jeunesse. S'il avait survécu, pourquoi pas moi ?

– Je crois plutôt que tu as été la victime d'un guet-apens, a ajouté ma mère. Bien sûr, tu ne veux rien nous dire. Si jamais cela se reproduit, tu seras obligé de passer aux aveux. On peut se battre loyalement mais là, c'est un carnage. Maintenant, va prendre un bain. Ensuite, je te badigeonnerai de pommade.

J'ai suivi son conseil. En m'immergeant dans l'eau brûlante, je me suis mordu la langue pour ne pas hurler. Une horreur.

Je ne me suis pas mis à table.

Je me suis endormi dans le bain.

Dans une baignoire,
Une huître broyait du noir,
Une coquille vide,
Inhabitée, dévastée...

J'ai rêvé qu'il y avait une sirène dans la baignoire. Mais j'ai eu beau chercher, en apnée, je ne l'ai pas trouvée. Sur l'eau ne flottait qu'un canard en plastique.

SAMEDI 6 AVRIL

Samedi 6 avril

Temps stationnaire

Je n'ai pas quitté mon lit. J'ai dormi toute la journée. Je n'étais plus un Schtroumpf. J'étais devenu violet...

Dimanche 7 avril

Ciel noir

J'ai fini par me lever, mais je me suis bien gardé de mettre le nez dehors. Je ne voulais pas effrayer les voisins.

J'étais presque noir, à présent. Comme le Cainf.

Il m'avait lancé un sort... Sorcier !

Je me suis réfugié dans *Les Fleurs du mal*, de Charles Baudelaire. Le début de *Spleen* est d'une beauté à couper le souffle...

« Quand le ciel bas et lourd pèse comme un couvercle
Sur l'esprit gémissant en proie aux longs ennuis,
Et que l'horizon embrassant tout le cercle
Il nous verse un jour noir plus triste que les nuits ;»

La fin est à la mesure du début.

« Et de longs corbillards, sans tambours ni musique,
Défilent lentement dans mon âme : l'Espoir,
Vaincu, pleure, et l'Angoisse atroce, despotique,
Sur mon crâne incliné plante son drapeau noir. »

Tout cela, c'était très exactement moi...

Lundi 8 avril
Grève de la météo

J'ai catégoriquement refusé de me lever pour aller au collège. Mon père a râlé. Ma mère n'a pas insisté. Elle a compris que l'os sur lequel j'étais tombé m'était resté en travers de la gorge. Elle lui a demandé de me laisser. Et mon père a capitulé.

De toute façon, me forcer n'aurait servi à rien. J'aurais fait le mort. Je me serais enchaîné à mon lit. Personne ne doit voir ma tronche.

Je suis la risée du collège. Il faut attendre que ça se tasse. Le Cainf va m'oublier. Sybille va m'oublier. Je redeviendrai une ombre, un élève anonyme et secret.

À la télé, il n'y avait pas grand-chose d'intéressant mais j'ai tout regardé, en proie à une boulimie d'images, comme si la coquille vide qui s'appelait Élie voulait se remplir jusqu'à la gorge. Je n'étais pas sûr qu'une coquille fêlée puisse cicatriser.

J'ai fini par éteindre le poste pour réciter à haute voix, comme un dément, debout dans le salon, un poème de Boris Vian, intitulé *Je voudrais pas crever* :

« Je voudrais pas crever

Sans savoir si la lune
Sous son faux air de thune
A un côté pointu
Si le soleil est froid
Si les quatre saisons
Ne sont vraiment que quatre... »

Et puis je l'ai continué à ma manière, parce que les vers suivants s'embrouillaient dans ma tête et jouaient à cache-cache avec ma mémoire...

Je voudrais pas crever
Sans savoir si le Schtroumpf
Se mariera un jour,
Si les lèvres des filles
Ont un goût épicé
Si le Cainf est débile
Ou complètement cinglé...

Ça ne m'a pas redonné la pêche, mais je me suis senti à nouveau vivant. Déclamer de la poésie me fait l'effet d'une transfusion sanguine. En écrire me plonge dans l'extase. Et tant pis si mes vers n'ont parfois que trois pattes. J'ai tout le temps de me perfectionner.

En fin d'après-midi, Yannick a appelé pour savoir comment j'allais. J'ai joué les mourants. Je lui ai dit plusieurs fois adieu d'une voix éteinte. Devait-il m'apporter les leçons et les devoirs ? Non, je ne voulais voir personne. Comme un chat, je léchais mes blessures dans la plus stricte intimité. Je ne l'ai même pas remercié pour son appel mais ça m'a fait du bien de savoir qu'on se souciait encore de moi quelque part.

Quand Julibelle est passée, je ne lui ai pas ouvert. Ça m'aurait achevé qu'elle me voie en noir.

Mes parents ont compris que j'avais besoin de vacances, ils m'ont fichu une paix royale. Merci maman. Merci papa.

En rentrant de son boulot, mon père a appelé le collège afin d'annoncer au principal mon indisponibilité pour une semaine. Il a expliqué que j'étais souffrant, sans préciser qu'on m'avait cassé la gueule. Ce n'est sans doute pas reconnu comme excuse valable par l'Éducation nationale.

Sybille habite toujours dans la constellation de mon quartier mais elle n'est plus mon astre. C'est une comète. Elle est passée si près de moi que la lentille de mon télescope hyperpuissant a fondu. Je ne vois plus le ciel. Il n'y a plus d'étoiles.

Mardi 9 avril
Éclaircie et coup de foudre

Les journées sont longues quand plus rien ne va. Je ne supporte plus le perpétuel babillage de la télé qui est devenu le bruit de fond de ma vie. Je suis en train de me fossiliser. Même la poésie ne parvient plus à me sortir de mon triste état. Je suis dans le spleen jusqu'au cou.

Pour me changer les idées, je me suis rendu à la bibliothèque municipale. Incognito. Bonnet jusqu'aux oreilles, lunettes noires, écharpe. Je ne risquais pas de croiser une connaissance. Tous les élèves étaient en cours.

La bibliothèque est un endroit relativement calme où il est possible de s'isoler et de ne plus exister pour les autres. Je me suis installé dans le coin des bandes dessinées pour bouquiner et bayer aux corneilles. J'ai feuilleté quelques albums sans qu'aucune page ne m'accroche. Je pensais encore un peu à Sybille et cela me mettait en colère. J'aurais donné cher pour tout oublier, mais il ne fallait pas y compter.

Sous mon bonnet de laine, mon crâne commençait à transpirer. Les poils de mon écharpe me grattaient le cou. Les verres trop fumés de mes lunettes gommaient les couleurs des dessins. Malgré ces désagréments, je ne les ai pas retirées. Mon visage de créature de Frankenstein devait rester dans l'ombre.

Soudain, mes yeux se sont scotchés sur un album. *Boule et Bill*. Au verso de la couverture, trois phrases manuscrites dansaient devant mes yeux. Leur lecture m'a causé un choc. J'ai gratté la feuille du bout de l'ongle. L'inscription ne s'est pas effacée. Ce n'était donc pas un mirage. Pourtant, ça y ressemblait tellement...

Je devais emporter le livre à la maison !

Il y avait juste un petit problème. Je n'étais pas inscrit à la bibliothèque.

Je me suis levé pour me diriger vers un meuble semblable à un comptoir de café destiné à des nains de jardin, derrière lequel une dame qui avait au moins trois fois mon âge pianotait allégrement sur le clavier d'un ordinateur.

La femme a levé la tête vers moi avec un grand sourire.

– Oui, jeune homme ?

– Comment on fait pour s'inscrire ?

– Rien de plus simple. Tu habites Juvisy ?

– Oui. Sur le plateau.

– Alors il te suffit d'apporter une pièce d'identité et un justificatif de domicile : quittance de loyer, facture d'électricité ou de téléphone. L'inscription est gratuite pour les Juvisiens.

J'étais ennuyé. Très ennuyé. La bibliothécaire s'en est aperçue.

– Y a-t-il un problème ?

– Non... Euh, si !

Il n'était pas question d'abandonner le livre à la cupidité du premier lecteur venu. J'ai tortillé mes mains, j'ai fait des nœuds avec mes doigts.

– Raconte-moi tout.

Son visage était auréolé d'une tendresse telle que j'ai cru un instant qu'elle se prenait pour la fée Clochette.

– Pour le justificatif, y a un ennui.

– Lequel ?

J'ai hésité. Je me sentais plouc...

– Mes parents ne sont pas là.

La bibliothécaire a ri.

– Tu n'es pas obligé de t'inscrire aujourd'hui.

– Justement si !

Ma virulence l'a surprise. Elle a bafouillé quelques mots, comprenant enfin que c'était sérieux. Je serrais si fort *Boule et Bill* contre ma poitrine que mes phalanges étaient blanches et ma respiration difficile.

– Si cet album te plaît tant, lis-le ici. Tu t'inscriras demain.

– Non !

La femme a sursauté. Sa main a malencontreusement écrasé son clavier, tirant de l'ordinateur une longue plainte couinante.

– J'ai besoin d'emmener ce livre avec moi, madame. Tout de suite. C'est important, vous comprenez ?

Elle ne comprenait pas. Mais maintenant, elle était sûre que j'étais ouf !

– Écoute, si cela est vital pour toi, confie-le-moi.

J'ai esquissé un mouvement de recul. J'aurais pu détaler en emportant le livre mais je n'étais pas un voleur. Et puis j'allais devoir souvent revenir à la bibliothèque.

– Je le mettrai de côté. Quand tu viendras muni des papiers nécessaires, je te le rendrai.

La situation m'obligeait à lui faire confiance. Je lui ai tendu l'album avec la sensation qu'on m'arrachait un morceau de moi-même.

– D'accord, mais pas d'entourloupe ! Je m'appelle Élie Mint.

– Pardon ?

– Je m'appelle Élie Mint. Vous avez besoin de mon nom pour signaler que ce livre m'est réservé.

– Oui, bien sûr.

Elle a écrit mon nom sur un post-it grand comme un timbre-poste qu'elle a collé sur la couverture de *Boule et Bill*. Ensuite, elle a posé le livre sur une étagère, derrière le comptoir. À moi de jouer !

– Merci, m'dame. Je reviens !

Je suis parti ventre à terre en jubilant intérieurement. Elle me prenait sans doute pour un cent pour cent timbré. Mais je me moquais désormais de ce que l'on pensait de moi.

J'ai grimpé vers la cité aussi vite que possible. La pente ralentissait mon allure et me crispait de douleur jusqu'au tréfonds des poumons. Ça m'était égal. J'avais une bonne raison pour souffrir.

J'ai traversé la nationale 7 comme une fusée.

L'ascenseur en panne n'a pas refroidi mes ardeurs. J'ai enjambé les marches de l'escalier telle une gazelle aux longues pattes. Ma savane était en béton et j'avais rendez-vous avec *Boule et Bill*...

J'ai perdu un peu de temps à chercher mes clefs. Je les ai saisies comme j'aurais pêché une truite à main nue. Triomphant, j'ai ouvert la porte. Rien ne me résistait. Pas même le bureau de mon père.

J'y suis quand même allé mollo. Si je courais comme une gazelle, mon père, lui, chargeait comme un rhinocéros. Je tenais à la vie.

J'ai mis un peu de bazar dans ses paperasses mais rien de dramatique. Il suffirait de lui raconter que ma mère avait fait la poussière dans son antre. Et comme elle rentrait tard ce soir-là, pour cause de réunion de parents d'élèves, il ne pourrait pas vérifier mes dires. Demain, il aurait tout oublié.

Je suis redescendu de l'appartement et du plateau plus vite qu'à l'aller. La bibliothécaire est tombée des nues quand elle m'a reconnu.

– Ça y est, m'dame ! Je l'ai !

– Tu as quoi ?

J'exultais comme si je venais de décrocher la lune.

– Le justificatif de domicile !

– Déjà ?

– Oui. Je vous avais prévenu que je ne pouvais pas attendre.

– Je croyais que tes parents n'étaient pas là.

– Ils sont rentrés !

J'étais essoufflé mais heureux d'avoir surmonté un obstacle qui, hier encore, m'aurait paralysé. Ma vie changeait, grâce à *Boule et Bill*...

– Alors ? Comment on fait pour s'inscrire ?

Passé le premier instant de perplexité, la bibliothécaire a retrouvé le sourire. Après tout, mon étrange comportement ne menaçait personne. Il était même plutôt flatteur pour la bibliothèque de Juvisy. J'étais un lecteur enragé !

– Viens avec moi. C'est au premier étage.

Dans les escaliers, elle m'a expliqué la marche à suivre. Il suffisait de remplir une fiche avec son nom, son adresse, sa date de naissance et sa profession. J'ai complété la mienne avec un stylo vert :

Élie MINT
2, rue André Bussery
91260 Juvisy-sur-Orge
Né le 18/01/84
Collégien

– Voilà !

Je me sentais à la fois très excité et très fier de moi. C'était la première fois que je n'avais pas mes parents dans mon dos pour tenir mon stylo et me dire ce que je devais faire.

En échange de mes lignes d'écriture, la bibliothécaire m'a remis une petite carte magnétique blanche avec mon nom, mon prénom et un code-barre qui constituait mon signe de reconnaissance à la bibliothèque. Ici, je n'étais plus l'Huître mais le numéro 1200905666. Énorme différence.

Puis elle m'a exposé le fonctionnement du prêt. Enfantin. Même un gamin de dix ans aurait pigé du premier coup !

– Tu peux emprunter six livres pour trois semaines...

Là, je l'ai arrêtée tout de suite.

– C'est beaucoup trop. Un seul me suffit.

Et je suis rentré chez moi.

Je m'étais inscrit uniquement pour *Boule et Bill*. Enfin, pas exactement. Parce que *Boule et Bill*, honnêtement, je m'en moquais un peu. Ça ne valait pas un bon manga sanglant. Ce qui m'intéressait, c'était le message griffonné par une fille à l'intérieur du livre comme une bouteille jetée à la mer. Je venais de le repêcher, par le plus extra des hasards, et le voulais pour moi seul. Enfin, c'est la fille que je voulais pour moi seul.

Avec un crayon de couleur violet, elle avait écrit : « Je m'appelle Béatrice Joly et j'aimerais correspondre avec toi. J'ai besoin d'un ami. Si tu as douze ou treize ans, nous sommes peut-être faits l'un pour l'autre... »

C'était signé B. J.

Ce message m'avait abasourdi. Sonné. K.-O. debout. Je sais, c'est idiot, mais en lisant « j'aimerais correspondre avec toi », je m'étais tout de suite senti visé. Comme un coup de poing sur le pif. Un coup au cœur. Un coup de foudre.

Pour conserver une trace de ce moment inoubliable, à peine rentré, j'ai décalqué le message aussi fidèlement que possible et je l'ai reproduit sur la première page d'un cahier neuf. Si je trouvais les autres, ils s'inscriraient naturellement à la suite du premier. Peut-être y en aurait-il assez pour former une sorte de roman ? Je l'appellerais *Un livre à la mer*... ou *Une fille à la mer*...

Et puis j'ai feuilleté fébrilement le reste de l'album. Il me paraissait inconcevable que le mot de Béatrice se termine par des points de suspension. Comment allais-je la retrouver sinon ? J'ai fini par repérer ce que cherchais en bas de la page 36. Incroyable ! Elle me fixait un rendez-vous...

« Post-scriptum : J'ai laissé un autre message dans *La Sorcière de la rue Mouffetard*. »

Je connaissais cette histoire parce que je l'avais lue à l'école primaire. Béatrice avait des choix curieux en matière de lecture. Mais peut-être n'utilisait-elle comme boîtes aux lettres que des livres qu'elle avait aimés étant plus jeune ?

Je n'avais plus qu'une idée en tête : retourner à la bibliothèque.

MERCREDI 10 AVRIL

Mercredi 10 avril
Soleil voilé

– Madame, où je peux trouver *La Sorcière de la rue Mouffetard* ?

Ce n'était pas la bibliothécaire de la veille ; celle-là avait carrément quatre fois mon âge !

Mon look étrange l'a choquée mais comme ma demande lui semblait raisonnable, elle ne s'est pas attardée sur mon redoutable aspect physique.

– Tu vois l'étagère des contes, là-bas ?

Dans la direction qu'elle m'indiquait du doigt se trouvait un mur de livres plus haut que moi.

– Oui.

– Regarde à GRIPARI. C'est l'auteur du livre que tu cherches.

Elle m'a épelé le nom du bonhomme. On aurait dit un pseudonyme. Gris Paris...

– Merci, m'dame !

J'ai foncé.

A, B, C... G ! Les livres étaient soigneusement rangés par ordre alphabétique d'auteurs. Des bouquins de Gripari, il y en avait une bonne demi-étagère. Et des *Sorcières de la rue Mouffetard*, j'en ai trouvé six. J'avais la respiration sifflante. « Du calme, Élie. Cool. Respire. »

J'ai pris les six exemplaires et je suis allé m'asseoir à une table. « Cool. Respire à fond. » Je les ai feuilletés un à un. Ils sentaient un peu le moisi comme s'ils avaient longuement séjourné dans une cave ou dans un placard à balai. À l'intérieur du premier, il n'y avait rien. Je brûlais d'en savoir plus sur ma mystérieuse correspondante. Et dans le même temps, je tremblais de peur à l'idée que ce jeu de piste date de plusieurs années… Aujourd'hui, ma belle inconnue avait peut-être vingt ans ou plus… Je n'allais quand même pas tomber amoureux d'une vieille !

Le deuxième exemplaire que j'ai examiné ne comportait pas davantage de mots écrits à la main. Rien que des caractères imprimés sur le papier jauni. Même chose pour le troisième, le quatrième et le cinquième.

Et s'il s'agissait d'un canular ? Une fille qui voulait faire marcher les garçons ou un garçon qui cherchait à en piéger d'autres ?

J'en avais des palpitations. J'étais au bord de la syncope en ouvrant le dernier exemplaire de *La Sorcière de la rue Mouffetard*.

Souffle coupé.

Et… rien. Il n'y avait rien, bien sûr. Je m'étais fait posséder en beauté.

Désespéré, j'ai rangé les livres au hasard. J'en voulais au monde entier et je regrettais presque de n'être pas retourné au collège dès le premier jour. Je n'étais pas à ma place ici. La vraie vie se trouvait dehors. À l'intérieur de ces murs, il n'y avait que du papier, rien que du papier…

Je me suis dirigé vers la sortie en traînant des pieds. J'ai bousculé une chaise qui est tombée avec fracas. À l'accueil, le dragon de service m'a foudroyé du regard.

J'ai failli heurter l'autre bibliothécaire, celle qui avait enregistré mon inscription la veille. Elle descendait l'escalier de la section adulte, les bras chargés de vieux journaux. Elle a fait un écart pour m'éviter et a lâché sa cargaison. J'ai rougi mais je ne me suis pas excusé.

– Tiens, c'est toi ? a-t-elle simplement remarqué. Tu te plais bien ici ?

J'ai haussé les épaules.

– Je ne comptais pas te revoir de si tôt. Tu ne semblais intéressé que par un seul livre.

Elle s'est agenouillée pour rassembler ses paperasses. Pendant dix secondes, je l'ai regardée en dansant d'un pied sur l'autre. Et puis, d'une manière imprévisible, je me suis baissé pour l'aider.

– Merci. Je n'y serais pas arrivée toute seule…

Elle était sans doute aussi étonnée que moi mais son sourire poli n'en laissait rien paraître.

– De rien, c'est gratuit.

Elle m'a examiné d'un œil narquois. Je portais toujours mon bonnet, mon cache-nez et mes lunettes noires. J'ai eu honte.

– Es-tu d'une laideur si repoussante qu'il te faille te déguiser ?

J'avais envie de lui répondre que oui, j'étais

laid comme un pou, j'avais le groin difforme et je louchais. Au lieu de quoi, j'ai retiré en vrac mon bonnet, mon cache-nez et mes lunettes de play-boy. Sur mon visage se mélangeaient du jaune, du bleu et du rouge...

La situation était anormale. Je n'aurais pas dû réagir ainsi à sa provocation et baisser ma garde si vite.

– Tu as pris un coup de soleil.

– Ouais. Mais ça va passer. Je vais peler.

Elle m'a à nouveau regardé sous toutes les coutures. De haut en bas.

– Tu es mignon comme ça mais je suis certaine que tu es encore mieux sans bronzage. Pour le moment, tu ressembles à un tableau de Picasso !

Elle se payait ma tête. J'ai décidé de faire comme si de rien n'était. Elle ne pouvait pas me vexer. Elle n'était rien pour moi.

– Je suis venu chercher un livre et je ne l'ai pas trouvé.

Son regard est devenu subitement professionnel. Intense. Interrogatif. Profond.

– Lequel ?

– *La Sorcière de la rue Mouffetard*.

– Impossible. Il y en a une demi-douzaine.

– Mais pas celui que je veux.

– Ah !

Elle n'a pas eu l'air plus surpris que ça.

– Viens avec moi.

Elle a posé son fardeau sur une table de travail et s'est dirigée vers le coin des contes. Aïe !

Elle allait découvrir que j'y avais mis le souk ! Je l'ai suivie. Elle s'est immobilisée devant l'étagère des G, perplexe.

– Où les as-tu rangés ?

Je me suis raclé la gorge.

– Un peu partout.

– Je vois. Tu te rappelles où ?

– Pas vraiment.

Elle a croisé les bras sur sa poitrine.

– Si tu veux que je t'aide, il va falloir les retrouver et les remettre à leur place.

Je n'y voyais aucun inconvénient. En réalité, je n'avais pas le choix.

– Je crois qu'il y en a un par là...

Un quart d'heure et mille tâtonnements plus tard, les six exemplaires avaient regagné leur emplacement logique sans qu'elle levât le petit doigt.

– Les flemmards dans ton genre nous donnent beaucoup de travail. Comme tu peux le constater, le rangement n'est pas une tâche passionnante ! Mais parfaitement indispensable...

– Je n'avais pas idée, m'dame.

Elle a compté les exemplaires en caressant les tranches d'un doigt léger. Elle se montrait tendre avec les livres comme avec un chien ou un chat. Peut-être même leur donnait-elle des surnoms dans l'intimité.

– Il y a un septième exemplaire quelque part. J'en mettrais ma main à couper...

Ma gorge s'est serrée. Comment le savait-elle

avec ces milliers de livres sur toutes ces étagères ? Elle devait être un peu sorcière.

– Sais-tu te servir du minitel ?

Certains élèves de la classe se vantaient d'avoir joué au minitel rose. Moi, jamais. Pour moi, les touches du minitel représentaient les premières marches d'un escalier qui s'élevait vers un monde inconnu et effrayant.

– Non, je n'en ai pas chez moi.

– Alors je vais te montrer. Mais attention, tu ne peux te connecter qu'avec l'ordinateur de la bibliothèque.

– Ça sert à quoi, alors ?

– À trouver un livre et uniquement à ça.

Nous nous sommes dirigés vers le point d'information où trônait un antique minitel.

– Tu vois, nous sommes en recherche. Cinq critères te sont proposés : AUTEUR, MATIÈRE, TITRE, COTE, ÉDITEUR. Tu connais le titre et l'auteur. L'un des deux te suffit.

J'ai choisi l'auteur : GRIPARI.

– Tu tapes 0 : AFFICHAGE. Tu sélectionnes le support, en l'occurrence les livres, et l'écran t'affiche les œuvres de Gripari qui figurent au catalogue de la bibliothèque et le nombre d'exemplaires de chaque titre.

Magique !

Elle avait raison. Il y avait bien sept *Sorcière de la rue Mouffetard* !

– Curieux. Les sept exemplaires sont disponibles. Tu es sûr de n'en avoir trouvé que six en rayon ?

– Sûr, m'dame.

– Alors il y a un problème. De trois choses l'une. Soit le livre a disparu corps et âme. Soit il est mal rangé. Soit... attends-moi, je vais vérifier quelque chose.

Elle m'a planté là et s'est éclipsée dans les bureaux qui s'ouvraient derrière le comptoir. J'ai perçu des bruits de déménagement et des crissements. Que fabriquait-elle ? Avait-elle réellement une idée concernant l'emplacement de la septième *Sorcière* ou remuait-elle tout cet air pour m'impressionner ?

Pour passer le temps, j'ai tapoté sur le minitel. À AUTEUR, j'ai tapé mon nom de famille. L'ordinateur a rendu son verdict au bout de cinq secondes : il n'y avait aucun livre de moi à la bibliothèque. Normal, je n'en avais jamais écrit !

Comme j'éteignais la vieille boîte marron, la bibliothécaire a reparu, une expression triomphale sur le visage. Elle était craquante ainsi. Si j'avais eu quinze ans de plus, j'aurais pu tomber amoureux d'elle.

Dans l'une de ses mains, elle tenait le cadavre d'un livre : couverture grignotée et rapiécée, pages décollées et d'un jaune nicotine.

– C'est quoi ? Le livre de chevet de Charlemagne ?

– Très amusant. Il faudra que je m'en souvienne de celle-là...

Un gémissement m'a échappé.

– Allez ! Dites-moi ce que c'est !

– A priori, c'est le livre que tu cherches. Il se trouvait sur l'étagère des livres malades.

Elle l'a examiné avec une grimace, en le tenant du bout des doigts comme une chaussette puante.

– Comme tu peux le constater, il a besoin d'une bonne réparation.

Réparation ? Le mot était faible. Lifting me semblait plus approprié. Ou une cure de jouvence... Mais à mon avis, il était fichu.

– Il est hors circuit depuis quand ?

Je voulais savoir si ça valait le coup que je m'accroche, si l'auteur des messages n'avait pas eu trois fois le temps de vieillir.

– Je l'ai retiré du prêt la semaine dernière au moment où quelqu'un venait de le rendre.

C'était encourageant mais pas suffisant.

– Est-ce que je peux l'emprunter ?

– Non.

Les bras m'en sont tombés. Pendant tout ce temps, elle m'avait laissé espérer pour mieux m'enfoncer. Sorcière ! Sorcière ! Sorcière ! J'ai fait demi-tour et je me suis dirigé vers la sortie. Je me sentais vidé.

– Je ne te le prête pas parce qu'il est en trop mauvais état. Par contre, je te le donne...

Je suis revenu à reculons, les oreilles si rouges qu'on aurait dit des gyrophares.

– Vraiment ?

– Assurément.

– C'est pas un coup foireux, au moins ?

– Pas le moins du monde. Il existe six autres

exemplaires de ce titre et, en outre, celui-ci me paraît avoir dépassé la date limite de lecture. Même une opération à livre ouvert ne saurait le rafistoler assez pour prolonger sa vie. Alors il est à toi.

J'avais envie de hurler de joie mais je me suis contenu. Dans une bibliothèque, ça ne se fait pas. Les livres ont un cœur ; certains sont cardiaques...

Elle a zébré le code-barre du livre avec un stylo à bille bleu.

– Tiens, prends-le. j'ai noté son numéro. Je l'effacerai plus tard. Je ne sais pas pourquoi tu tenais tant à consulter précisément cet exemplaire mais j'espère qu'il comblera tes souhaits les plus secrets.

Ma parole, elle lisait en moi !

– Merci, m'dame. Mille fois merci. Un milliard de fois merci.

J'ai pris le précieux livre et j'ai filé.

Une fois chez moi, je me suis glissé dans ma chambre, le cœur transformé en métronome frénétique. Clic-clac ! Clic-clac ! Clic-clac...

J'ai trouvé ce que je cherchais sur la page de garde. Toujours au crayon de couleur violet. La même écriture.

« Si tu lis ce message, c'est que comme moi tu as besoin de quelqu'un. Alors à plus tard. Rendez-vous pages 10, 12 et 15 : La fille de 3ᵉ B.

B. J. »

Voilà ce que *La Sorcière de la rue Mouffetard* avait mouftė.

J'ai d'abord examiné les pages 10, 12 et 15 du livre-messager. En vain. Aucun post-scriptum ne s'y trouvait. Désespoir. Mais la catastrophe, c'était que Béatrice Joly appartenait à la 3ᵉ B. Pire que Sybille. Deux niveaux d'écart représentaient la mer à boire. Une huître, tout le monde le sait, se déplace mal et n'a pas de pattes pour sauter par-dessus les précipices. Comment combler une telle différence d'âge ?

Je me retrouvais au point mort, raide comme un cadavre.

J'ai eu envie de me coucher pour longtemps et de ne pas me réveiller. Quelle impression procure l'hibernation ?

Aucune, probablement. Le sommeil éternel ressemble à la mort.

Mais ma mère était rentrée. Il a fallu que je lui donne signe de vie. Je ne voulais pas qu'elle me surprenne avec cette tête de déterré.

Le temps que je me compose un visage humain, elle avait déjà investi ma chambre.

– Tiens, tu as enlevé ton déguisement ?

Je l'avais même carrément oublié à la bibliothèque !

– Oui, il faut que ma peau respire.

Elle a reniflé l'air de ma chambre et s'est bouché le nez.

– Eh bien ce n'est pas ici qu'elle va respirer ! Ça sent le renfermé et le beurre rance.

Dans ma tête, j'ai commencé un poème approprié aux circonstances :

Ma chambre, c'est une horreur
Elle me ressemble…
Je n'ai plus peur
Quand nous sommes ensemble.
Ma chambre sent la sueur
Elle me ressemble…

Ma mère a écarté les rideaux et ouvert la fenêtre en grand.

– Voilà, ça ira mieux dans quelques instants.

L'air du dehors s'est engouffré dans la pièce accompagné des bruits de la rue : moteurs de voiture, aboiements de chiens, cris et pleurs d'enfants, hurlements de mères ulcérées. Il ne manquait plus que le passage du camion-poubelle pour compléter le concert urbain.

– Tu sais, maman, à choisir, je préfère le beurre rance aux vapeurs d'essence.

Et j'ai continué à haute voix le poème que j'avais commencé mentalement :

Je préfère le beurre rance
Aux vapeurs d'essence
Et le silence
Aux bruits des ambulances…

Elle ne m'écoutait pas. En fredonnant une vieille chanson des années soixante, elle a ramassé deux ou trois affaires sales, a déplacé quelques objets en désordre, puis s'est soudain arrêtée.

– Je trouve que ta chambre est un dépotoir. Tu vas la ranger pour demain, sinon je jette tout ce qui traîne.

Son ultimatum m'a pris au dépourvu. Je ne m'étais pas encore remis d'être tombé amoureux d'une fille de 3e B.

– Mais maman...

Elle démarrait sur les chapeaux de roues, quelqu'un avait remonté la clef, plus rien ne l'arrêterait.

– Es-tu à jour dans tes leçons ?

– C'est que...

– Tu as intérêt à t'en préoccuper rapidement. Tu recommenceras le collège lundi, que tu sois bleu, violet ou même multicolore !

Elle est allée se changer dans sa chambre. Une tornade était passée, il fallait tout rafistoler avant qu'elle ne revienne. Elle est comme de l'eau qui dort, ma mère, calme, huileuse. Et puis crac ! Tempête, séisme, éruption volcanique.

Dans la minute qui a suivi, j'ai téléphoné à Yannick.

– Allô ?

– C'est Élie.

– C'est qui Élie ?

– Arrête, t'es pas drôle, Yannick.

– Le seul Élie que je connaissais est mort la semaine dernière. Je ne sais même pas de quoi, d'ailleurs.

Yannick a la rancune tenace. Tout ça parce que j'ai refusé de parler à môssieur. S'il avait su que ce jour-là je ressemblais à une décalcomanie, il m'aurait sûrement pardonné.

– Yannick !

– Ah, Élie ! C'est toi, vraiment ? Tu n'es plus à l'agonie ?

Je n'avais pas la patience d'attendre qu'il se calme. Je me sentais à bout de nerfs.

– O. K. Je demanderai les devoirs à quelqu'un d'autre. Merci pour tout.

Et j'ai raccroché.

Ce n'était finalement pas une mauvaise chose. Le décalcomaniaque a rappelé dans la seconde qui a suivi.

– Allô ?

– C'est Yannick.

– C'est qui Yannick ?

– Élie, non !

– D'accord, on signe une trêve. Je t'attends chez moi dans un quart d'heure avec les leçons et les devoirs des trois derniers jours.

Clic ! Je déteste les gens qui restent des heures au téléphone…

Quand Yannick a sonné, ma mère lui a ouvert.

– Bonjour, madame.

– Ah, Yannick ! Tu tombes bien ! Il t'attend avec impatience. Le collège lui manque tellement !

J'ai entendu leurs pas dans le couloir. Les baskets de Yannick faisaient des bruits de ventouse que l'on décolle, les mules de ma mère des frottements de petite souris. Enfin, une petite souris qui chaussait quand même du quarante et un !

– Qu'est-ce qu'il a, Élie ?

– Comment ? Il ne t'a rien dit ?

– Non. Il est malade ?

– Pas exactement. Prépare-toi au pire et sois fort !

Beaucoup m'envient et trouvent que mes parents sont vachement cools. Parfois, je les échangerais volontiers contre des parents ordinaires.

Quand Yannick est entré dans ma chambre, une expression terrible s'est peinte sur son visage. Comme si un vampire était en train de le mordre... C'était nettement exagéré. D'ailleurs, je n'étais plus noir mais gris foncé, avec quelques nuances de couleurs par-ci, par-là.

– Remets-toi, Yannick. Ce n'est pas contagieux, sauf si tu m'embrasses !

Ses yeux et sa bouche ont repris une taille normale. Ouf ! Il me reconnaissait !

– T'as dormi dans un four allumé ?

– Hilarant. En vérité, je me suis fait décalquer par un rouleau compresseur. Tu as apporté ce que je t'avais demandé ?

Sans cesser de me fixer avec effarement, il a déposé maladroitement sur mon bureau une pile de cahiers et un gros classeur.

– Il faut que tu recopies rapidement ce qui te manque. J'en ai besoin vendredi. Je reviendrai chercher mes affaires demain après les cours. Tu auras le temps ?

– Pas de problème. Je n'ai que ça à faire. Et puis ma mère sera contente.

Il s'est approché en me regardant par en dessous. Son insistance commençait à devenir gênante. Approchez, approchez, m'sieurs dames. Le spectacle va commencer ! Venez découvrir une curiosité unique au monde. J'ai nommé M. Hématome !

M. Hématome
Est un drôle de bonhomme.
Il n'a pas le teint frais
Et il effraie !
M. Hématome
Ressemble à un atome
Sortant d'un accélérateur de particules,
Concassé, ridicule !

– Non, franchement, tu veux pas me dire ce qui t'est arrivé ? a insisté Yannick.

Je me suis laissé tomber sur mon lit avec un soupir de résignation.

– Écoute, je suis étonné que tu ne saches rien. Tout le collège doit pourtant en parler.

– Je t'assure que non. Personne n'en parle. Les copains de classe sont d'ailleurs surpris de ton absence. Tu n'avais pas l'air malade vendredi dernier.

Il me faisait marcher.

– Ben si, j'étais pas dans mon assiette ce jour-là. J'étais même vert quand Sybille a massacré mon poème en public.

– Ah c'est donc ça ? Tu as mal au cœur... parce que Sybille t'a envoyé balader ?

– Non, il y a autre chose. L'Huître s'est fait cassé la coquille !

– Quoi ?

– Le Cainf m'a cassé la gueule.

Son étonnement m'a paru sincère.

– Pourquoi ?

– Si on te le demande, tu diras que tu n'en sais rien.

Ma réponse l'a vexé.

– Et la scène du poème, personne n'en parle à la récréation ?

– Tu veux rire ! C'est une histoire ancienne. Tu sais, la poésie n'intéresse les gens que moyennement. D'ailleurs, puisque tu en causes, je te remercie pour ta confiance. Tu m'as doublé. Tu lui as donné toi-même, ton fameux poème !

– Non, c'est le... Oh et puis zut ! Si t'avais vraiment été mon copain, tu ne m'aurais rien demandé en échange. Tu m'aurais rendu service, un point c'est tout.

Il s'est renfrogné et nous nous sommes quittés fâchés.

Ma mère s'est doutée de quelque chose parce que Yannick est parti sans lui dire au revoir, mais elle n'a pas cherché à me tirer les vers du nez. Merci, maman.

Le soir, en m'endormant, une idée m'a redonné espoir. Si la fille de 3e B redoublait deux petites fois, nous nous retrouverions dans la même classe. Mais elle n'était sans doute pas aussi nulle que le Cainf. Mieux valait ne plus y penser…

JEUDI 11 AVRIL

Jeudi 11 avril

Températures comprises entre 10°, 12° et 15° C

La nuit a été longue. Je n'ai fermé ni l'œil ni la lumière. Rendez-vous pages 10, 12 et 15 ? Oui, mais de quel livre ?

J'étais piégé. Elle jouait avec mes nerfs. Comment la retrouver, maintenant ?

Au petit matin, j'ai dormi un peu. La porte de l'appartement, énergiquement refermée, m'a réveillé. J'étais en train de rêver d'elle... Mon père n'avait aucun tact.

J'étais mal. Je ne savais plus où je me trouvais. Sous mes paupières, une paire de rideaux était tirée. Il m'était impossible de les ouvrir.

J'ai déjeuné dans le brouillard. Pages 10, 12 et 15 ? Page 10 ? Page 12 ? Page 15 ? Cette énigme ne pouvait pas durer. La bibliothèque ouvrait à seize heures. J'ai pris mon mal en patience. J'ai recopié les cours de lundi, mardi et mercredi matin, puis j'ai épluché le cahier de textes de Yannick et je me suis avancé au maximum dans les devoirs. Ce zèle ne me ressemblait pas, mais c'était un moyen comme un autre de passer le temps. Ma mère serait contente.

J'ai quand même bâclé les maths. Faut pas pousser !

Il m'a fallu ensuite un quart d'heure pour, hâtivement et superficiellement, ranger ma piaule. J'ai planqué le plus voyant. Le reste est resté en l'état.

À seize heures pile, je piétinais devant les portes vitrées de la bibliothèque. À seize heures passées de trente secondes, j'ai cogné à la vitre. Fébrile comme si une envie pressante de filer au p'tit coin me tordait les boyaux. Seize heures et une minute. Bon sang ! Ce n'était pourtant pas un jour férié. Une minute et vingt secondes... Enfin ! Une employée a ouvert. Je me suis engouffré à l'intérieur comme si ma vie en dépendait. Mais ma vie en dépendait, nom d'un chien !

Je me suis rué sur le minitel. Je l'ai allumé et connecté. Je me suis mis en recherche. Ma respiration était mince comme un fil. À la rubrique TITRE, j'ai tapé : Rendez-vous pages 10, 12 et 15. Envoi ! Mon Dieu que cette bécane se traînait. En plus, elle n'a rien trouvé.

Pourquoi la fille de 3e B m'avait-elle donné un rendez-vous bidon ? Je commençais à entrevoir la fin prématurée du jeu de piste.

J'étais dans l'impasse.

– T'es encore vivant, toi ?

Cette voix ! Cette voix qui m'apostrophait était dangereuse. Tous les signaux d'alerte se sont déclenchés en même temps à l'intérieur de mon crâne, dans mes muscles et dans mes bleus.

– Je t'ai posé une question, mec !

Je n'avais aucune envie d'y répondre mais comment esquiver ?

– Je ne suis pas sourd, Cainf.

J'ai tourné lentement la tête. Que fabriquait-il à la bibliothèque ? Sa présence détonnait dans un endroit pareil. Allait-il me poursuivre jusqu'au bout du monde ?

Installé à une table de travail de la section jeunesse, près d'une fenêtre donnant sur un carré d'herbe, un livre ouvert devant lui, il semblait paisible et n'avait plus rien du casseur qui terrorisait tout le collège.

– Je suis vivant mais ce n'est pas grâce à toi !

Sa langue a claqué dans sa bouche. Il a hoché calmement le chef.

– Bon, okay, j'y suis allé un peu fort. Tu ne méritais pas toutes les baffes que tu as reçues. Mais j'étais vénère. Pourquoi t'as cafté au consdé[1] ?

– Et toi, pourquoi t'as renversé mon cartable dans la boue ? Pourquoi t'as porté mon poème à Sybille ?

Le vent de ma révolte ne lui a même pas chatouillé les oreilles.

– Pour m'amuser, mec !

– Ben ta vie doit être vachement ennuyeuse, Cainf !

J'étais hors de moi, incapable de la moindre prudence.

Au lieu de se fâcher, il a rigolé. Sa grosse voix a empli la bibliothèque. L'employée, barri-

1. Consdé : conseiller d'éducation.

cadée derrière l'écran de son ordinateur, n'a pas protesté. Elle s'est contentée de jeter dans sa direction un regard furibond.

Encouragé par les bonnes dispositions du Cainf à mon égard, j'ai continué.

– C'est pour m'amuser que je t'ai dénoncé au conseiller d'éducation. Parce que ma vie non plus, c'est pas une aventure !

C'était ironique et provocateur
Mais j'avais la tête ailleurs...

– Je m'excuse, mec.

– Hein ?

– T'as entendu. Je le répéterais pas une troisième fois. Je m'excuse pour le cartable, pas pour le poème.

Le Cainf, s'excuser ? Un tel événement devait lui arriver une fois par siècle. Et il fallait que ça tombe sur moi ! Jamais personne ne me croirait.

– Il était relou, ton poème.

Il n'y connaissait rien. De quoi se mêlait-il ? Bon, d'accord, mon poème n'était pas terrible !

– Tu as raison, Cainf. Il était relou !

– Mais c'est pas le plus grave. Sybille, tu vois, c'est chasse gardée. C'est ma future gonzesse, okay ?

Si j'avais su !

Je commençais à comprendre pourquoi il m'avait choisi comme tête de Turc. Cette andouille de Yannick avait dû vendre la mèche et raconter autour de lui que je louchais sur sa promise depuis le début de l'année. Fatalement, l'information était parvenue aux oreilles du Cainf. Je n'avais parlé de mes sentiments pour Sybille à personne d'autre. Mon meilleur copain était non seulement décalcomaniaque mais abruti par-dessus le marché. Ou alors il était purement méchant, mais j'avais du mal à le croire.

– Je pouvais pas le savoir. Fallait mettre une pancarte sur Sybille : attention, propriété privée. Fille piégée. Cainf féroce !

Il s'est tapé les cuisses de rire. Ce gars-là était beaucoup moins cruel qu'on le disait.

– Tu m'amuses, mec ! Tu m'amuses !

Au fond, j'avais de la chance. Si je n'avais pas convoité Sybille et si le Cainf ne m'avait pas démantibulé, je ne me serais jamais inscrit à la bibliothèque, je ne serais jamais tombé sur *Boule et Bill* et mon cœur n'aurait pas battu à cent à l'heure pour une inconnue.

La vie, ça tient parfois à une raclée
Ou à un poème bâclé...

– Tu fais quoi, là ? m'a-t-il demandé.

– À la bibliothèque ?

– Ben on est où, là ? Ouallah, j't'ai pas handicapé du ciboulot, au moins ?

– Non, mais je suis en convalescence, au cas où tu l'aurais oublié.

– Ah ouais, t'es en arrêt-maladie. Non, mieux, en accident du travail ! Au collège, le port du casque est conseillé, tu savais pas ?

C'était pas comique. Pas comique du tout même.

– Je suis venu me documenter sur la chirurgie esthétique avant de me faire retaper le portrait.

– T'es drôle, j'te jure ! Ça manque dans ma bande, les gars dans ton genre. Humour ! Humour ! Y a une place pour toi. Réfléchis. J'ai des gros bras et des balançoires[1] mais pas encore de bouffon ! Tu veux être mon bouffon ?

– Non.

Mon refus catégorique n'a pas terni sa bonne humeur. Il était heureux et détendu comme un gars en vacances...

À ce moment-là seulement, j'ai réalisé toute l'étrangeté de la situation. Pourquoi n'était-il pas en cours comme les autres ?

– Y a un abruti qu'a raconté au consdé que j't'avais chatouillé les côtes et qu't'étais absent à cause de ça. Le rétroviseur a piqué un coup de sang et m'a viré pour trois jours.

Yannick, encore ? Ça ne pouvait être que cet idiot. Car lui seul était au courant. Mais il m'était impossible de le dénoncer au Cainf.

– Mince !

– Le pied, tu veux dire ! J'suis libre de venir ici sans que tous ces tarés me collent aux basques comme des chewing-gums !

J'ai deviné qu'il parlait des membres de sa bande. Les gros bras et les balançoires...

1. Les balançoires : les balances, les indics...

– N'empêche que si je l'chope, ce niquetamère, je l'éclate contre un mur ! Faut pas m'chercher !

J'ai essayé de détourner son attention, mais je savais qu'il n'oublierait pas sa promesse.

– Dis, le Cainf, tu serais pas venu lire en cachette à la bibliothèque, par hasard ?

Il a pris un air de conspirateur, mi-inquiet, mi-agressif.

– Tu racontes ça à personne, mec. À personne. J'aime bien lire mais ça la fout mal. Et puis je suis lent comme une tortue. La honte, quoi !

– Je ne vois pas ce qu'il y a de honteux à aimer lire. Et puis on a le droit de lire à la vitesse qu'on veut.

– Non, à l'école, faut être rapide, faut être le meilleur. Et moi, c'est dans la rue que je suis le meilleur. Tu vois, ce livre, ben le mois prochain p'têt il sera fini, p'têt pas…

Ce n'était pas un bouquin épais ni un livre compliqué pour un multiredoublant de troisième.

– Pourquoi tu n'empruntes pas les livres de la bibliothèque pour les lire chez toi ?

– J'ai pas de chambre et y a trop de bruit chez moi. Et puis j'suis pas inscrit.

– Pourquoi ? C'est gratuit, puisque t'habites ici.

– T'imagines la honte si on apprend que j'ai la carte de la bibli ? Je meurs debout ! Maintenant, tu me laisses. J'ai une page à finir.

Il s'est replongé dans sa lecture avec une attitude crispée. Son front était un lac que les mots imprimés, en ricochant, ridaient. J'ai compris que pour le Cainf la lecture représentait un combat aussi intense et épuisant qu'un corps à corps sur le goudron et que derrière ses manières barbares, il y avait quelqu'un. Quelqu'un de bien.

– Tu peux me rendre un service ? ai-je demandé avec assurance.

J'avais la conviction qu'il n'allait pas me jeter. Pourquoi ? Je n'en savais rien. Il a relevé la tête, les traits contractés et les yeux brillants.

– Tu fais vite, très vite. Mon héros vient de se faire plaquer par une meuf. Il va pas bien. Il a besoin de moi.

S. O. S. héros fatigués ; le Cainf avait trouvé sa vocation !

– Voilà. Je suis sur la piste d'une fille et j'aimerais la rencontrer. Toi, tu connais tout le monde au collège. Béatrice Joly, une fille de 3e B, ça ne te dit rien ?

Ses rides se sont transformées en rire. J'avais sorti une bêtise ?

– Bouffon !

– Ah bon ! Pourquoi ?

– D'abord, y a pas de 3e B au collège. Tu devrais le savoir. Y a une 3e 1, une 3e 2, une 3e 5…

J'étais un triple bouffon. Non, quadruple… Il n'y avait pas de 3e B, bien sûr ! Sans doute pas non plus de Béatrice Joly.

– ... Et puis Béatrice Joly, ça sonne pas vrai. On dirait un pseudonyme. T'es un vrai bouffon ! Viens dans ma bande. Les filles, c'est pas ce qui manque. Maintenant, tu te casses. J'ai rendez-vous avec un personnage qui patauge dans la semoule.

J'ai failli lui demander s'il était d'accord pour me prêter Sybille de temps en temps mais à quoi bon ? Il ne pouvait pas me comprendre.

Ma bibliothécaire préférée qui passait dans le coin au même moment m'a entendu marmonner tout seul. Son visage s'est éclairé.

– Que cherches-tu aujourd'hui ?

Machinalement, j'ai répondu :

– Une fille.

Ça n'avait rien de surprenant. Des garçons qui couraient désespérément après une fille, il en existait des milliers dans le monde entier. Il se trouve que moi je cherchais une fille de 3e B nommée Béatrice Joly, c'est-à-dire une pure invention. À part ça, tout allait bien.

Ma bibliothécaire préférée a semblé désappointée.

– Tu ne t'intéresses déjà plus aux livres ?

– Bien sûr que si ! J'ai rendez-vous dans un livre mais lequel ?

– Tu recherches des conseils de lecture ?

Pas vraiment, mais je n'ai rien dit pour ne pas la froisser.

– Fais-moi confiance, j'ai sûrement ce qu'il te faut !

Elle a interprété mon silence comme un acquiescement et s'est lancée dans un discours interminable. Je la suivais de loin et encore pas toujours. As-tu lu ce roman ? Connais-tu cet auteur ? Aimes-tu les romans policiers ? Préfères-tu les décors exotiques ? Et à chaque question correspondait une proposition de trois ou quatre romans.

– Moi, je préfère le hors-piste, ai-je précisé.

Elle s'est arrêtée net.

– Tu sais que c'est joli ce que tu viens de dire ?

Je le savais puisque c'était un vers de ma composition, écrit quelques semaines auparavant.

– Mais ce n'est pas gentil pour moi, ça signifie que je t'ennuie...

Elle a tourné les talons pour s'éloigner. Je l'avais vexée ! Comment rattraper le coup ? Et d'abord pourquoi est-ce que je me souciais de cette bonne femme ?

– Moi, je préfère les romans d'amour. C'est toujours l'histoire d'un garçon qui rencontre une fille ou vice versa mais ça peut arriver de mille façons différentes.

Aussitôt, hip hop !, elle est revenue à la charge. À la vitesse de cinq mots à la seconde, elle a égrené une dizaine de livres romantiques : *À cloche-cœur, L'Amour baobab, Premier amour, dernier amour, La Tue-mouche, Coup de foudre, Les filles ne meurent jamais...*

Je n'en connaissais aucun. J'étais un romantique inculte. Je n'avais pour ainsi dire lu que de la poésie. Et pourtant, dans romantique, il y a le mot roman...

– Et puis il y en a deux que j'ai gardés pour la fin. Ils sont extraordinaires. Personnellement, je pense que tu devrais les lire l'un après l'autre comme les tomes un et deux d'une même œuvre. Ils racontent la même histoire mais d'un point de vue différent. Dans *Le Pianiste sans visage*, c'est le point de vue de la fille. Dans *La Fille de 3e B*, celui du garçon...

– Vous pouvez répéter ?

– Répéter quoi ?

– Le titre du second roman. Le point de vue du garçon !

Elle a eu une mimique de triomphe comme un pêcheur qui attraperait son premier poisson de la journée. La pauvre, quelle déception si elle avait su ma véritable motivation...

– *La Fille de 3e B* !

– C'est un miracle. Exactement ce que je cherchais !

– N'exagérons rien. Une chance, peut-être.

Oh que si ! Mais j'ai gardé jalousement tout ça pour moi. Comment aurait-elle pu comprendre que si je passais à côté de ce livre, je perdais définitivement l'amour de ma vie ?

J'avais un mal fou à contenir mon excitation. Je sautais sur place comme un joggeur dément.

– Où il est ce livre ?

Ma joie l'amusait. Elle croyait m'avoir converti. J'ai laissé ses illusions intactes.

– Tu devrais aussi emprunter *Le Pianiste sans visage*.

– Aucun problème. Mais où ? Où ? Où ?

Mes manières ne la heurtaient plus. Elle s'était habituée à mes sautes d'humeur.

– Dans les romans, à GRENIER. Tu les repéreras facilement. Ce sont des livres rouges.

Rouge, bien sûr ! Rouge, rouge !

À ce moment-là, quelqu'un l'a appelée.

– Isabelle, tu peux venir, s'il te plaît ?

Grimace de sa part. Par-dessus son épaule, elle a répondu un rapide « oui, j'arrive ! ».

– Je te laisse te débrouiller. On a encore besoin de moi.

Elle m'a souri avant de disparaître derrière une porte.

Des romans de M. Grenier, il y en avait plein. J'ai mis la main sur *Le Pianiste sans visage*. Mais *La Fille de 3e B* avait disparu.

J'ai ressenti un brusque coup de fatigue. Cette course poursuite était sans issue.

Le Pianiste sans visage à la main, je suis allé squatter le coin Bébé Bouquine. Les épaules lourdes et le cœur à marée basse, je m'y suis fabriqué un nid avec une dizaine de coussins. Machinalement, j'ai ouvert le livre rouge…

« C'était un samedi, le 1er octobre. Ce soir-là, je m'en souviens comme si c'était hier. Je venais de finir mes devoirs pour lundi… »

Et le temps n'a plus compté. Jusqu'à ce que l'heure de la fermeture s'annonce.

– Faites enregistrer vos livres, la bibliothèque ferme dans cinq minutes !

Le ton un peu aigu de l'avertissement m'a expulsé de ma torpeur. La voix de l'employée ne possédait pas le velouté de celle des hôtesses qui annoncent les embarquements et les débarquements dans les aéroports.

J'ai remis *Le Pianiste sans visage* à sa place entre deux livres du même auteur : *La Guerre des poireaux* et *Un printemps sans cerise*.

– Tu le reposes déjà ? L'histoire ne te plaît pas ?

C'était Isabelle, la bibliothécaire. Je ne l'avais pas entendue arriver.

– Si, beaucoup, mais je l'ai terminé.

Elle était impressionnée.

– Tu l'as lu d'une traite, sans respirer ?

– Non, j'ai respiré une fois ou deux...

Sourire. Son visage évoquait la douceur. Quand elle parlait, rien ne pouvait l'arrêter. Mais elle savait aussi écouter.

– Alors, qu'en penses-tu ?

– J'en pense que sans *La Fille de 3e B*, le livre n'a pas la même saveur.

– Tu ne l'as pas trouvé ?

– Non.

– Désolée. Je pensais qu'il était disponible. Il m'avait semblé le voir sur l'étagère ce matin. Mais rien n'est perdu. Donne-moi ta carte.

– Pourquoi ?

– Oh, je te la rendrai, ne t'inquiète pas. Nous

allons le réserver. Dès qu'il sera de retour, tu recevras une lettre t'invitant à venir le chercher.

C'était mieux que rien.

– Je n'aurais jamais la force d'attendre.

– Pourquoi ne pas l'acheter à la librairie *Les Feuillantines* ? Tu verras, le libraire est très sympa.

– Vous savez très bien que je veux l'exemplaire de la bibliothèque et rien d'autre.

Sans doute a-t-elle cru que j'étais fauché. Elle ne m'a pas posé la question. J'ai apprécié sa discrétion. Elle a effectué elle-même ma réservation.

– On ferme dans une minute ! a braillé une employée, menaçante, en me lançant un regard assassin.

J'étais le dernier lecteur à chasser. Le Cainf avait mis les bouts peu de temps avant moi. Avait-il réussi à avancer dans sa lecture ? À vrai dire, je m'en fichais un peu.

– Je me sauve. Je reviendrai demain.

Isabelle n'a rien ajouté mais j'ai eu le sentiment qu'elle me comprenait. Comme si elle était au courant de quelque chose, ce qui était purement impossible.

Elle a fermé la porte derrière moi et m'a adressé un petit coucou au moment où je traversais la rue.

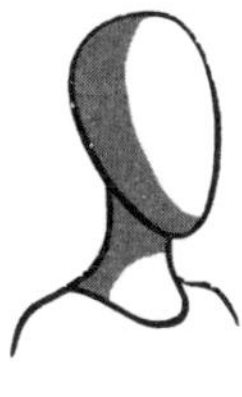

Vendredi 12 avril
Ciel schtroumpf !

Yannick n'est pas revenu chercher tout ce qu'il m'avait prêté. Heureusement pour lui. Je l'aurais décalqué sur le mur. Mon meilleur ami était un Judas. Je ne pouvais pas avoir confiance en lui.

Il n'est pas venu mais il a envoyé Julibelle pour récupérer ses cours. Le lâche ! Il ne la mérite pas. Mais je ne pouvais pas dire à Julibelle qu'elle sortait avec un traître.

– Comment tu te sens, le Schtroumpf ?

Décidément, me comparer à un petit bonhomme bleu devenait une manie.

J'ai souri. Si j'étais le Schtroumpf, alors le Cainf était Gargamel. Ça n'avait pas grand-chose d'amusant. C'était nerveux. D'autant que dans les albums de Peyo, les manigances du vilain Gargamel et de son féroce chat échouaient toujours. Pas celles du Cainf…

– Je me sens comme une momie qu'on vient de débander. J'ai la peau qui colle, qui brûle, qui pèle. L'air me griffe, la lumière me dépiaute. Faut surtout pas me toucher !

Julibelle s'est approchée tout contre moi. Elle a écarté les cheveux qui me masquaient le front et passé un doigt sur ma chair encore sensible.

– Ça fait mal quand j'appuie ?
– Surtout n'appuie pas !

Elle a retiré sa main.

– Tu espères me guérir plus vite avec des caresses ?

Elle a haussé les épaules comme si elle était déçue que je ne joue pas les malades. Je déteste qu'on me plaigne, qu'on me prenne pour une demi-portion. Même si l'infirmière s'appelle Julibelle.

En me tendant ses cahiers, elle a jeté un coup d'œil d'expert dans ma piaule. N'importe qui aimant l'ordre et la propreté aurait été horrifié. Malgré mes efforts et les coups de gueule de ma mère, ma chambre avait toujours des allures de dépotoir. Je devais être comme ça dans ma tête.

Ma chambre, c'est une horreur
Je lui ressemble !

– C'est mignon chez toi.
– Vraiment ?
– Hon, hon. C'est chaleureux...
– ... mais bordélique ! C'est ce que tu penses, pas vrai ?

J'étais un peu agressif, tout à coup, bien malgré moi. La tenue de ma chambre est un sujet qui fâche. Sans doute parce que le problème me dépasse. Je sais d'avance qu'il me poursuivra ma vie durant.

– Non.
– Ben regarde autour de toi !
– Le bordel, c'est quoi ? Je ne vois qu'une

chambre de garçon. Il y a un ordre dans chaque chose, y compris dans le désordre.

– Ça veut dire quoi ?

– Que même un endroit qui paraît négligé peut avoir du charme. Tout dépend de la façon dont on le regarde.

– Tout dépend qui regarde, tu veux dire ! Quand c'est ma mère, on dirait que la fin du monde est imminente. Il faut qu'elle achète des lunettes !

– Des lunettes pour voir la vie en rose ? Des lunettes qui transforment le désordre en ordre ? Ça n'existe pas. Ta mère, on ne peut pas la soigner.

C'était un avis de spécialiste !

Quand Julibelle est partie, je me suis surpris à regretter de ne pas l'avoir laissé me dorloter. Ma chambre me semblait déserte et froide.

L'âme mélancolique, je me suis coulé jusqu'à mon bureau et j'ai commencé à écrire un nouveau poème.

Julibelle
Tu es belle
Comme...

Il s'est arrêté là. J'ai déchiré la feuille. Il n'y avait pas de place dans mon cœur pour Julibelle et la fille de 3e B. Elles s'y seraient senties à l'étroit. Et moi, je n'avais qu'une bouche. Comment embrasser deux filles à la fois ?

« J'ai soif, oh ! j'ai soif d'un baiser ! »

Samedi 13 avril
Instabilité temporaire

Ce matin, dans la boîte aux lettres, rien. Pas de courrier de la bibliothèque. *La fille de 3e B* n'était pas rentrée au bercail. Je vivais sur des charbons ardents.

Mes parents n'y comprenaient rien. Mon comportement instable les agaçait mais ils le toléraient. Je ne supportais aucune réflexion et je ne voulais même pas qu'on m'adresse la parole. Ils mettaient mon irascibilité sur le compte de mon impatience à reprendre les cours. N'importe quoi !

Les repas étaient une torture. Je n'avais pas faim. Rien ne passait. Mais à la maison, depuis que je suis tout petit, il faut manger de tout. Un amoureux n'a pas le droit de jeûner.

En début d'après-midi, ne maîtrisant plus mon impatience, je suis passé à la bibliothèque. Isabelle ne travaillait pas ce jour-là. L'employée de l'accueil a consulté son écran.

– Non, jeune homme. Le livre que vous avez réservé est toujours en prêt. Soyez patient.

C'était impossible mais elle ne le savait pas.

Je me suis promené dans le bâtiment. J'ai fait une escale dans les bandes dessinées pour adultes. J'ai même poussé mon expédition jusqu'au fin fond de la discothèque où un refrain de jazz emplissait l'air de saxophones et de trombones à coulisse. Aucune trace du Cainf. Par contre, j'ai repéré deux de ses lieutenants, ceux qui m'avaient chopé une semaine auparavant.

Je me suis éclipsé dare-dare mais je les ai vus s'esclaffer en regardant dans ma direction. Non, je n'accepterais jamais l'offre du Cainf de faire partie de sa bande. Je ne survivrais pas plus d'une semaine parmi ces débiles.

DIMANCHE 14 AVRIL

Dimanche 14 avril
Nuages bas et ciel de traîne

Le dimanche est le pire jour de la semaine : le facteur ne passe pas. Par-dessus le marché, la bibliothèque est fermée. D'habitude, c'est un jour que j'aime bien. Avec Yannick, on s'entraîne pour participer un jour au championnat du monde de skate-board. Dans dix ans, on sera des pros. Surtout moi, car Yannick ne prend aucun risque. Il a trop peur d'esquinter ses précieuses décalcomanies en tombant.

Aujourd'hui, je tourne en rond dans ma chambre comme une panthère noire dans une cage. J'ai envie de mordre et de griffer. Je me demande si j'ai raison de continuer à pister la tagueuse de livres. J'ai toutes les chances de conclure mes recherches par une horrible déception.

Mais en même temps, c'est exaltant. Sybille n'est plus là pour colorier mes rêves mais il y a ELLE. Je ne sais rien d'ELLE. Et je n'aime qu'ELLE. Je me sens vivant. M. Hématome a survécu aux coups et blessures du Cainf et l'Huître n'est plus qu'un mauvais souvenir.

Je suis redevenu le Poète. Et d'après Boris Vian…

« Un poète
C'est un être unique

À des tas d'exemplaires
Qui ne pense qu'en vers
Et n'écrit qu'en musique
Sur des sujets divers
Des rouges ou des verts
Mais toujours magnifiques. »

Dommage qu'on soit dimanche…

Tout à l'heure, Julibelle a téléphoné. Elle ne va pas fort. Yannick l'a plaquée. Je n'en reviens pas. Il y a une semaine, à l'annonce d'une telle nouvelle, j'aurais hurlé de joie. Mais là, je suis resté bête et sans réaction. J'étais à la fois soufflé que le décalcomaniaque ait fait un tel coup à Julibelle et surpris que Julibelle m'appelle pour me l'annoncer.

Pourquoi moi ? Ce n'était pas le genre de secret qu'une fille racontait à un garçon. Elle avait de bonnes copines, des copines à secrets, des filles capables de consoler la Terre entière. Marie Duchiron, par exemple.

Je suis resté silencieux de longues secondes mais comme elle ne raccrochait pas, j'en ai déduit qu'elle avait besoin de parler avec moi.

– Tu es triste ?

– Non, mais ça fait drôle. J'aimais bien Yannick…

– Donc tu l'aimais pas tout court. C'est moins grave.

– Si on veut.

– Tu n'as pas envie de te suicider ?

– Non.

– Tu n'es pas complètement dégoûtée des garçons ?

– Non.

– Tu n'as pas l'estomac comme une boule de billard ?

– Non. Il est juste un peu plus gros...

– Comme une boule de pétanque ?

– À peu près, oui.

– Alors tu survivras, Julibelle !

– Je peux passer te voir ?

Sa demande m'a pris au dépourvu mais comme je n'avais rien d'autre à faire, j'ai accepté.

Dix minutes plus tard, elle était là, et j'ai compris que j'avais commis une grosse erreur. Elle cherchait un réconfort que j'étais incapable de lui fournir. Car depuis une semaine, je ne vivais que pour ELLE. Le reste du monde avait pratiquement cessé d'exister à mes yeux. Un typhon avait balayé tout ce qui se trouvait autour.

Julibelle était une survivante du monde alentour...

– Qu'est-ce qui lui prend à Yannick ? Il te l'a dit, au moins ?

Elle n'avait pas mauvaise mine. Mais elle n'était pas non plus rayonnante comme d'habitude. La situation était gênante.

– Non, il ne m'a rien dit. Mais depuis trois mois que nous sommes ensemble, il ne s'est pas passé grand-chose. Il ne m'a parlé que de ses décalcomanies. Je crois que je les déteste. J'en ai une indigestion.

– Moi aussi, j'ai souvent eu envie de les lui

faire avaler ! Tu n'as rien à te reprocher, Julibelle. C'est un gosse !

J'ai renoncé à lui avouer qu'il m'avait probablement trahi et qu'il se mêlait d'affaires qui ne le regardaient pas. Qu'il m'avait déçu et que, pour une décalcomanie, il était capable de vendre sa mère. Ces révélations m'auraient entraîné trop loin. Il y a certaines choses que je ne voulais pas révéler à Julibelle. L'existence d'ELLE, par exemple.

– Oui, c'est un bébé. Il se cherche une nounou, pas une copine. J'ai refusé de lui servir de seconde maman, alors il est allé voir ailleurs.

J'ai pensé : « Bon débarras ! » Pensé seulement.

Julibelle,
Tu es belle
Comme… une mirabelle ?
Une pelle ?
Une bielle ?
Du miel ?

Difficile de terminer ce fichu poème…

J'avais un problème de rime. Il fallait choisir. ELLE ou Julibelle ?

– Il est allé voir qui, Yannick ? ai-je demandé.

– D'après ce que j'ai compris, une fille de quatrième. Une certaine Sybille, je crois.

– Quelle andouille ! Il est complètement cinglé. Il va se faire ravager le portrait.

– Pourquoi ?

– Parce qu'elle est réservée pour un gars qui a des poings gros comme ma tête !

Alors Julibelle a lâché une réflexion qui m'a soufflé.

– Tant mieux. Ça lui fera les pieds de se confronter à la réalité de la vie.

– Tu es sérieuse ?

– Évidemment !

Son visage était moins doux qu'à l'ordinaire, son sourire moins gai. L'idée de voir Yannick prendre une correction musclée la réjouissait. Moi aussi, d'ailleurs. Pas de pitié pour les traîtres !

N'empêche que je craignais que l'incident tourne au massacre…

– Donc tu lui en veux à mort, à Yannick.

Pas de démenti. Elle a enfoui son front au creux de mon épaule et a éclaté en sanglots. Je me suis senti bête et inutile. Alors j'ai refermé mes bras sur elle et je l'ai bercée, sans rien dire.

Nous sommes restés une éternité dans cette position. Mes muscles s'ankylosaient mais je ne bougeais pas. À mon réveille-matin, l'aiguille des secondes tournait encore mais celle des minutes ne se déplaçait plus. L'aiguille des heures avait tout bonnement disparu.

Quand ma mère m'a appelé pour me mettre à table, je n'ai pas bronché. J'ai attendu patiemment que le temps redémarre.

Julibelle a grogné, puis s'est étirée. Elle avait les yeux secs. Ses larmes imprégnaient ma chemise. Je crois qu'elle s'était endormie contre ma poitrine. Elle ne s'était même pas aperçue que le temps nous avait fait une fleur.

Nous avons appelé ses parents. Ils ont discuté mais ont finalement accepté que Julibelle reste manger avec nous.

Julibelle,
Tu es belle…
Comme le ciel !

Mon poème n'irait pas plus loin. Je ne me sentais pas de taille à le mener à bien.

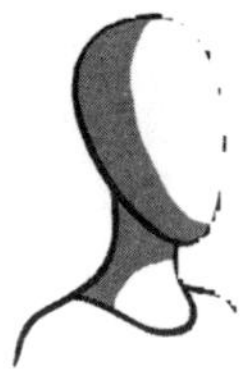

Lundi 15 avril
Amélioration légère mais provisoire

Le collège est une jungle avec ses singes et ses prédateurs. Certains sont à éviter. J'ai longtemps cru que le Cainf était un rhinocéros. En fait, c'est un lion. Et j'ai appris à mes dépens que les lionnes sont de loin les bêtes les plus dangereuses. Aujourd'hui, ou peut-être demain, Sybille dévorerait Yannick avec toutes ses décalcomanies et il n'était pas question, absolument pas question, que je lève le petit doigt.

Quand j'ai franchi la grille du collège, le Cainf m'a adressé un signe qui signifiait : « Salut Bouffon, je te touche plus mais tu gardes pour toi ce que tu as vu à la bibliothèque, à la clef y a une place pour toi dans ma bande. »

J'ai hoché la tête une fois dans sa direction. Traduction : « D'accord pour garder le secret, pas d'accord pour entrer dans ta horde. » Ses lieutenants, deux hyènes qui ne le quittaient pas d'une semelle au collège, essayaient de me foudroyer avec leurs yeux de débiles profonds. Raté !

Je me suis mêlé avec plaisir à la foule excitée qui emplissait la cour. J'étais content de revenir dans la jungle !

Je me suis hissé sur la pointe des pieds sans

parvenir à apercevoir Julibelle. Bizarre. Je pensais qu'elle m'attendrait et que nous rentrerions ensemble en classe. J'ai cessé de la chercher au bout de deux minutes. Au milieu de cette cohue, il était facile de se manquer.

– Élie ! Pssst, Élie !

Ratatiné près des casiers métalliques qui nous servent de consignes, le décalcomaniaque s'agitait désespérément pour attirer mon attention. J'ai d'abord fait celui qui n'avait rien entendu.

– Élie, par ici !

J'avais envie de lui tordre le cou.

– Élie, Bon Dieu !

Je me suis approché avec une lenteur manifeste. J'ai ouvert la porte de mon casier si brutalement...

– Él...

... qu'elle a emplafonné son nez. Quelle maladresse !

– Ah, tu étais là ?

Il s'est frotté les naseaux avec énergie comme s'il voulait éteindre un incendie. Je n'y avais pas été de main morte !

– Pas grave. Pas grave.

– T'es sûr ? Tu veux pas que je t'emmène à l'infirmerie ?

Non, il n'y tenait pas. Il avait une peur bleue des blouses blanches. L'odeur de l'alcool à 90° le faisait tourner de l'œil. Il n'était jamais malade, car sa hantise de consulter un médecin l'immunisait contre les microbes et leurs copains les virus.

N'empêche que son nez gonflait à vue d'œil et virait au rouge.

– T'es sûr que...

– Ça va, j'te dis !

C'était sans appel.

– Qu'est-ce que tu voulais ?

Il a joué au timide pendant deux secondes mais son nez poché lui avait réchauffé le sang. Il s'est jeté à l'eau assez vite.

– J'ai besoin que tu me rendes un service.

J'ai hésité entre deux questions : lequel ? ou qu'est-ce que tu me donnes en échange ? Finalement, j'ai opté pour la seconde. Pris au dépourvu, Yannick s'est emmêlé la langue dans ses dents.

– Je... je... je ne sais pas, moi ! Un... un... un hologramme, par exemple. J'ai... j'ai... j'ai des doubles épatants !

– Pas question. Tes doubles, tu peux les avaler tout rond ! Je déteste les hologrammes.

– J'ai rien d'autre. Tu sais bien qu'il n'y a que ça qui m'intéresse.

Je le savais, en effet. Et je trouvais sa passion de moins en moins drôle. Le décalcomaniaque ne m'amusait plus.

– Si, j'ai une idée. Voilà ce que tu vas faire : tu vas t'excuser auprès de Julibelle.

Il n'est pas seulement tombé des nues. Pire, il a déboulé de l'espace intergalactique comme une météorite en route depuis des siècles.

– Comment t'es au courant ? C'est Julibelle qui te l'a dit ? Je croyais qu'elle ne s'en vanterait pas. Elle t'a expliqué, au moins ? Tu sais, c'est une fille...

Mon sang n'a fait qu'un tour.

– Tu te la boucles ! Un mot de travers sur Julibelle et t'es un décalcomaniaque mort ! Compris ?

Il a hoché la tête, décontenancé. Sa salive, en dévalant la pente de son œsophage, a produit le bruit d'un filet d'eau se faufilant dans un évier bouché. Glurp ourp ourp !

– C'est quoi, ton service ?

– Tu ne vas pas te fâcher ?

– C'est quoi ?

– Une lettre à transmettre.

– À qui ?

– ... Sybille.

Je le savais ! Julibelle ne s'était pas trompée. Yannick avait perdu les pédales.

– T'es ouf ! Le Cainf va t'aplatir contre un mur !

La sonnerie de huit heures trente a interrompu notre très intéressante conversation. Nous avons couru jusqu'à la salle de classe qui se trouvait au deuxième étage.

Avant de rentrer en cours, Yannick m'a lancé :

– Alors, t'es d'accord ou pas pour la lettre ?

Pas besoin de réfléchir. Je n'étais pas responsable de ses actes.

– Si tu veux mourir, c'est ton problème. Je suis d'accord.

Il est allé s'installer à sa place en jubilant,

comme un môme, sur les gradins d'un cirque, attendrait les clowns. L'inconscient !

Julibelle brillait par son absence. Des excuses, Yannick allait lui en faire des kilomètres…

Julibelle,
Tu es belle…
Comme une hirondelle.
Mais je ne te vois plus.
Où es-tu ?
J'espère seulement
Que tu reviendras avant le prochain printemps…

Mardi 16 avril
Gelées matinales

Toujours aucune trace de Julibelle. Marie Duchiron, sa voisine en classe comme à la ville, se charge de lui transmettre les cours. Je l'ai interrogée mais je n'ai rien pu savoir. Elle a des consignes, c'est sûr.

– Allez, Marie. Tu sais bien que Julibelle est comme ma frangine !

– Je ne peux rien te dire.

– Pourquoi ?

– Parce que...

– Cachottière, va !

Il faudrait que je lui téléphone mais je n'ose pas. Je crois que je n'ai pas été à la hauteur. Dimanche, elle voulait peut-être sortir avec moi. Elle a dû sentir que je n'étais pas libre. C'est moche.

Les excuses de Yannick ne la guériront pas. Elle est malade à cause de moi.

Il faudrait que je lui téléphone. Vraiment. Mais pour lui dire quoi ? Allô, ça va ? Tu es en forme ? Tu es heureuse ? Bien sûr que non !

J'aimerais deviner ce qu'elle pense. Après tout, il est possible qu'elle m'ait seulement confié ses déboires amoureux comme à un ami très cher. J'ai imaginé le reste et je culpabilise pour rien. Yannick est déjà oublié et enterré. En vérité, elle a attrapé une bonne grippe, une grippe à flanquer un hippopotame par terre. Quarante de fièvre et les jambes en coton. Des frissons partout et une mauvaise toux. À moitié assommée par les médicaments.

Il faudrait absolument que je lui téléphone pour lui demander quand elle compte revenir et si nous sommes toujours amis. Deux jours d'absence et elle me manque déjà... Mais dans ma bouche, les mots, comme des glaçons, sont trop gros, trop froids, glissants, insaisissables... Pas le temps de les prononcer, ils ont déjà fondu !

Mercredi 17 avril
Risque de beau temps

Marie m'a rassuré, ce n'était pas vraiment grave. Julibelle avait mal au ventre, un truc intestinal. Elle serait absente une petite semaine, comme moi. Et je n'en étais pas mort !

Au retour du collège, une surprise m'attendait. Sur mon bureau, une lettre était posée. Bien en évidence. Adressée à mon nom. Envoyée par la bibliothèque.

J'ai coupé l'enveloppe au cutter, puis déplié la lettre :

Les documents que vous avez réservés sont à votre disposition à la bibliothèque-discothèque. Vous pourrez les retirer à l'accueil pendant dix jours. Nous vous remercions de votre visite.

La Fille de 3e B avait été retrouvée saine et sauve !

J'étais au bord de l'infarctus. Par bonheur, le mercredi la bibliothèque ouvrait sans interruption de dix heures à dix-huit heures trente.

J'y suis allé sur un petit nuage.

– Bonjour, madaaame. Je viens chercher un livre réservé.

L'employée m'a adressé un regard bovin. Soit elle n'était pas réveillée, soit elle était patraque.

– Votre lettre de réservation ! a-t-elle meuglé.

On prétend que la jeunesse est insolente, mal élevée, mal lunée. Mais y a pas que nous !

Je lui ai tendu la lettre qu'elle a parcourue rapidement.

– Je vais voir s'il est là.

Elle s'est levée pour jeter un coup d'œil sur l'étagère qui se trouvait dans son dos, près du monte-charge. Elle a farfouillé, soulevé quelques livres, soupiré plusieurs fois.

– Je ne le trouve pas.

Je suis resté sans voix. C'était un canular, une machination, un complot !

– Allez voir dans les romans, m'a-t-elle conseillé. Il a peut-être été rangé par erreur.

Comme un automate, je me suis exécuté avec un mauvais pressentiment... Il n'y était pas. *La Fille de 3e B* demeurait introuvable.

Isabelle m'a croisé en coup de vent.

– Quelque chose ne va pas ?

Je lui ai mécaniquement répondu :

– *La Fille de 3e B* a fait une fugue.

Mais elle avait déjà disparu dans l'atelier. Un peu de son parfum flottait dans l'atmosphère. Je l'ai respiré. Il sentait plutôt bon. J'étais enivré.

L'employée m'a vu revenir avec un air mauvais. Elle pensait sans doute : « Revoilà l'enquiquineur qui court après *La Fille de 3e B* ! »

Je suis passé devant elle sans me soucier de son existence. J'ai juste tourné la tête, attiré par le reflet rouge vif d'un livre. Là, sur le chariot des retours, un bouquin ! De la couleur du *Pianiste sans visage*. J'ai contourné la banque de prêt. Mon cœur ronflait comme un moteur de formule 1. L'employée n'a pas eu le temps de meugler quoi que ce soit. J'ai attrapé le livre. C'était Elle ! Je suis repassé de l'autre côté du comptoir, je lui ai tendu l'ouvrage accompagné de ma carte de lecteur.

– C'est celui que j'avais réservé, m'dame. Vous aviez raison, vous avez fait une erreur.

Elle a enregistré mon prêt sans broncher. Elle était dans ses petits souliers. Elle savait qu'Isabelle était ma copine. Mais intérieurement, elle devait me maudire !

Je me suis assis à une table, incapable d'attendre plus longtemps. Au rendez-vous de la page 10, un passage du texte était souligné au crayon à papier. Proprement, à la règle.

« Dans la vie, j'ai un problème : je ne sais pas bien m'exprimer. Tout ce que j'ai dans le cœur et la tête, je ne trouve pas les mots pour le dire. »

Comme moi !

J'ai foncé page 12. ELLE avait choisi un autre extrait.

« Oui, j'écris. Quand ils sont sur le papier, j'ai l'impression que mes mots sont plus vrais que ceux que j'ai dits, qu'ils fixent tout ce que je n'ai pas su exprimer. »

Exactement comme moi ! Nous nous ressemblions d'une manière étrange. J'écrivais des poèmes parce que je parlais comme un manche.

Et page 15.

« C'est tellement plus facile d'aimer les gens à distance. »

Là, je n'ai pas très bien compris ce qu'ELLE voulait dire. Préférait-elle une idylle sur papier à un amour en chair et en os ? Cette phrase me posait un problème, je l'ai mise de côté dans un coin de ma mémoire pour plus tard.

À la fin du roman, un message avait été griffonné. Assez difficile à déchiffrer, comme écrit sur place, dans la précipitation. Je m'étais tellement imprégné de la mystérieuse ELLE que je l'ai lu du premier coup d'œil.

« Rendez-vous dans *La Protestation*, page 72. À toi, maintenant ! »

Que signifiait ce « À toi, maintenant » ? J'avais peur de trop comprendre. Ma main a été prise d'un tremblement. L'émotion...

Pour une fois, le livre en question était disponible. J'ai d'abord pensé l'emprunter pour y écrire un poème en toute tranquillité à la maison et puis j'ai changé d'avis. J'avais une telle envie de découvrir qui se cachait derrière Béatrice Joly que j'ai décidé de m'y mettre sur-le-champ.

J'ai repris ma place. La page 72 de *La Protestation*, comme par hasard, était vierge. Mais je n'avais rien pour écrire. Je me suis rendu au comptoir avec un sourire hypocrite.

– M'dame, est-ce que vous pouvez me prêter un stylo ?

– Il s'appelle Reviens.

J'ai toujours trouvé que c'était débile pour un stylo de s'appeler Reviens. C'est comme Médor pour un chien ou Dupont pour un humain. Ça manque d'originalité.

– Merci, m'dame.

J'avais choisi un stylo à bille pour m'obliger à écrire mon poème du premier coup. J'avais remarqué que j'écrivais toujours mieux dans l'urgence. Celui que j'avais composé pour Sybille était raté parce que rédigé dans un état second.

Bon, il fallait s'y mettre...

Ma tête allait servir de cahier de brouillon.

Chère inconnue. Non trop banal.

Chère toi. Aïe, aïe, aïe, trop nul !

Belle inconnue. Ringard.

Ode à ELLE. J'étais sur la bonne voie...

Ode à ELLE

Je ne sais pas qui tu es
Mais il se pourrait que je t'aime.
Pour moi, tu es ELLE,
Un beau prénom, unique.
Je suis affreusement pareil à toi,
Quand je parle, je trime,
Quand j'écris, je rime.
Le même handicap,
La même solitude.
Nous nous lisons

Nous nous apprécions
Mais saurons-nous nous écouter ?
Un seul moyen de le savoir.
Il faut s'affronter,
Il faut se voir.
Rendez-vous dans…

J'ai réfléchi un instant et j'ai précisé :

Rendez-vous dans L'Affaire Caius
À la page que tu choisiras
Pour la réponse qui me manque :
Ton nom.
LUI

Et puis, comme ça ne me suffisait pas, j'ai ajouté en post-scriptum le début d'un poème de Paul Éluard, intitulé *Liberté* :

« Sur mes cahiers d'écolier
Sur mon pupitre et les arbres
Sur le sable sur la neige
J'écris ton nom.

Sur toutes les pages lues
Sur toutes les pages blanches
Pierre sang papier ou cendre
J'écris ton nom… »

Évidemment, je voulais parler de son nom à Elle…

Je n'ai pas eu le temps de me relire. L'employée, qui m'observait depuis un moment sans que je m'en aperçoive, m'a invité à venir la voir.

– Qu'est-ce que tu fabriques, toi ? Apporte-moi ce livre !

Elle m'avait vu écrire dessus. Sacrilège. Mais mon poème, même mal fichu, était trop précieux pour que je lui en fasse cadeau.

J'ai bondi de ma chaise, avalé les escaliers qui menaient à la section adulte, tourné à gauche en ahanant pour m'enfermer dans les toilettes. Durant ma retraite précipitée, je n'avais pas lâché le livre qui, serré contre ma poitrine, bougeait au rythme de ma respiration.

Par contre, j'avais laissé tombé Reviens, le stylo...

L'employée m'avait peut-être suivi. J'ai décidé de m'attarder là un moment, histoire de me faire oublier. J'en ai profité pour purger ma vessie. J'ai lu quelques pages de *La Protestation*. Et puis j'en ai eu assez. Je suis sorti avec circonspection. Personne ne m'attendait sur le palier. Mais ce n'était pas encore gagné. Pour quitter la bibliothèque, il fallait repasser par le rez-de-chaussée. J'ai descendu la moitié des marches, je me suis penché. Ouf ! La mégère n'était plus au prêt. Isabelle avait pris sa suite. J'étais sauvé.

L'air le plus naturel du monde, j'ai reposé *La Protestation* à sa place, un livre mince comme un fil qu'on voyait à peine sur son étagère. Et pourtant, à l'intérieur, il y avait une grande partie de moi. La meilleure, la plus tendre, le cœur, *L'Ode à ELLE*.

La bibliothèque fermait dans trois heures. Je

n'avais rien de spécial à faire. Je me suis installé sur un fauteuil du coin Bébé Bouquine. À mes pieds, trois ou quatre mioches mâchouillaient des livres cartonnés. Bon appétit ! J'ai attendu.

ELLE viendrait forcément chercher *La Protestation*. J'avais une chance que ça arrive aujourd'hui, sous mes yeux. Sinon, ce serait demain. ELLE était sans doute aussi impatiente que moi de commencer enfin notre correspondance par bouquins interposés. J'avais posé mon appât. J'allais pêcher le plus beau poisson de ma vie. Mais je me suis vite ennuyé.

Pour passer le temps, je me suis plongé dans la lecture de *La Fille de 3ᵉ B*. Depuis le temps que j'en entendais parler... Le monde autour de moi s'est dissipé. Le Cainf avait raison d'aimer lire, mais il avait tort de se cacher. Il n'y avait là rien de honteux, au contraire...

Quand Isabelle a annoncé à la cantonade que la bibliothèque fermait, j'ai émergé, abasourdi, hagard. J'étais un détective nul. Je n'avais pas regardé une seule fois dans la direction des romans. Avant de partir, je me suis assuré que *La Protestation* était toujours là. Oui. Ouf ! Détective privé était sans doute le plus ennuyeux des métiers. Je préférais encore être un poète maudit !

– Alors, *La Fille de 3ᵉ B* ? m'a demandé Isabelle.

– Elle est là.

J'ai tapoté l'endroit où mon cœur battait. Le

livre se trouvait dans la poche intérieure de mon blouson.

– Tu as commencé à le lire ?

– Oui. Je le finirai ce soir, tranquillement, quand il fera noir dehors et que le soleil éclairera l'autre face du monde.

Elle a esquissé un sourire.

– Alors bonne lecture. N'oublie pas d'allumer la lumière.

– Oui, une lampe de poche sous les draps ; c'est plus romantique.

– N'en abuse pas. Moi, j'ai les yeux d'une taupe. Ce petit jeu n'est plus de mon âge.

– Vous ne portez même pas de lunettes !

– J'ai des lentilles.

Ça ne se voyait pas. Quoique… en y regardant de plus près, ses yeux brillaient comme ceux d'un chat. Sans doute le reflet de l'éclairage sur ses lentilles…

– La lecture abîme la vue, ai-je conclu.

– Mais elle fait tellement de bien à la tête.

Elle avait fichtrement raison. Même le Cainf l'avait compris.

– Au fait, l'autre jour, tu as oublié ton déguisement d'agent secret. Il doit traîner par là…

– Jetez-le à la poubelle. Je n'ai plus besoin de me cacher. C'est bon pour les flipettes !

– Les quoi ?

– Les flipettes ! Les gens qui rasent les murs…

Elle a jeté un coup d'œil à sa montre.

– Allez, sauve-toi, il faut que je ferme. Je te verrai demain ?

– Sûr !

Il y avait un poème-hameçon au bout de ma ligne. Il ne manquait plus que la sirène !

JEUDI 18 AVRIL

Jeudi 18 avril
Ondées passagères

La journée a mal commencé. À la descente du car de ramassage, Yannick m'a sauté sur le poil. Il arborait le sourire niais d'un mioche qui s'apprête à déguster un bonbon.

– J'ai la lettre.

Il me l'a tendue. Je l'ai prise. J'avais promis.

– Y a quoi dedans ?

– Ça ne te regarde pas.

– Un peu, mon neveu ! C'est ma condition. Je veux savoir ce que je donne. Et si c'était de la drogue ?

En fait, je n'en avais rien à fiche. C'était pour l'enquiquiner. Uniquement. Et ça marchait drôlement bien. Il étouffait.

– T'as pas le droit. T'es un enfoiré ! D'abord, je me drogue pas. J'avale même pas de cachet d'aspirine, alors...

Voilà pourquoi il était spécial. On ne l'avait jamais soigné ! Il faut avouer qu'il n'était jamais malade ; du moins, pas en surface...

Je lui ai refilé son bien. Faut pas pousser. Je ne rends pas service à quelqu'un qui m'insulte, même s'il a été un jour mon meilleur ami.

Il a repoussé ma main, très gêné. J'étais le seul à qui il pouvait demander quelque chose.

N'importe qui d'autre l'aurait envoyé sur les roses.

– Y a une lettre et une décalcomanie canon.

J'ai éclaté de rire.

– T'es trop drôle !

J'ai failli lui dire que le Cainf cherchait un bouffon mais je me suis retenu au dernier moment. Yannick aurait été capable d'accepter.

– C'est une décalco très rare.

– Ouais. Sybille va grimper au plafond quand elle la verra. Écoute, je vais lui donner ton paquet. Après tout, chacun a le droit de choisir sa mort. Mais avant, j'aimerais savoir si tu as fait tes excuses à Julibelle.

J'avais contourné l'adversaire. L'effet de surprise était total.

– Pas encore.

Il se foutait de moi. Il avait promis.

– Tu vas l'appeler tout de suite !

– T'es ouf ! À cette heure, elle est même pas levée !

– Moi, je crois plutôt qu'elle dort pas beaucoup en ce moment. Ça m'étonnerait qu'on la réveille.

Il n'était pas très chaud et ne savait comment esquiver. Mais je le tenais. Il n'y couperait pas.

– Tu l'appelles ou je réduis ta lettre en poudre et ta décalcomanie canon en confettis...

Le roi des arguments ! Si je détruisais sa

décalco de collection, il en mourrait sur-le-champ.

On s'est traînés jusqu'à la cabine téléphonique située au bord de la cour de récré, si bien qu'on n'entendait pas grand-chose quand la personne à l'autre bout du fil ne hurlait pas. On avait toujours l'impression, là-dedans, d'être enfermé dans un bocal au milieu des piranhas.

– J'ai pas de carte.

Comment avais-je pu être copain avec un nul pareil ? C'était inexplicable. À moins que, moi aussi, je sois nul...

– Je te prête la mienne mais tu me rembourseras la communication.

Yannick a enfourné ma carte dans la fente de l'appareil et a composé le numéro de Julibelle en écrasant rageusement les touches. Pendant que l'appel se frayait un chemin le long des milliers de kilomètres de fil, je me suis approché de l'écouteur pour ne rien perdre de la conversation.

Yannick est tombé sur la mère de Julibelle. Non, sa fille n'était pas là. Elle était à l'hôpital. J'ai tout de suite pensé à une tentative de suicide. Le décalcomaniaque a blêmi. Il pensait sans doute à la même chose que moi.

J'ai rattrapé le combiné au moment où il allait le lâcher et, après m'être très vite présenté, j'ai demandé des explications. C'était grave ? Non, pas trop. Mais ça aurait pu mal se terminer. Yannick a failli tourner de l'œil en m'écoutant. Je lui ai mis un coup de coude dans les côtes pour le requinquer. Julibelle avait été opérée de l'appendicite en urgence. Le médecin de nuit avait diagnostiqué à temps un début de péritonite.

J'ai demandé le numéro de sa chambre et le jour de sa sortie : la 213, lundi.

– Merci, madame. J'irai la voir samedi.

Avec un gros bouquet de fleurs. Si je trouvais l'argent d'ici là...

Yannick m'a demandé s'il pouvait m'accompagner à l'hôpital.

– Pas question ! J'arrête les frais avec toi. Je te dispense de t'excuser auprès de Julibelle. Tu es pire qu'une appendicite aiguë !

Il a paru soulagé. Au fond, il ne tenait pas vraiment à voir Julibelle après son peu glorieux comportement.

Nous sommes rentrés en cours chacun de notre côté. Je n'ai pas beaucoup écouté les profs. Je pensais à Julibelle, à Sybille et à la lettre que je devais lui remettre en main propre. Je pensais aussi à ELLE. Il y avait vraiment trop de filles autour de moi. J'avais la tête qui tournait.

Quand la dernière heure de cours a pris fin, je ne m'étais toujours pas débarrassé de la missive de Yannick. Je ne savais pas comment la donner sans éveiller les soupçons du Cainf. Il avait dû poster des espions autour de sa future meuf pour savoir à toute heure du jour et de la nuit ce qu'elle faisait quand ils n'étaient pas ensemble, qui lui parlait et où elle était. Je ne pouvais pas trahir Yannick, même si sa cervelle n'était pas plus épaisse qu'une décalcomanie. Je ne voulais pas non plus me remettre à dos le Cainf. Une fois déjà j'avais apprécié ses talents de rouleau compresseur. Je préférais encore devenir son bouffon.

J'ai remis le problème au lendemain. Au lieu de monter dans le car en compagnie de l'inévitable décalcomaniaque, je me suis rendu à la bibliothèque.

Isabelle était en train de réprimander une bande de mini-loubards, des sixièmes je crois, qui mettaient la pagaille dans les bandes dessinées. Elle les a virés en moins de deux. J'étais impressionné.

– Bonjour, Isabelle !

Elle m'a fait un p'tit signe, pas plus. J'ai compris qu'elle était de mauvaise humeur et qu'il ne fallait pas la chatouiller aujourd'hui. Pourtant, j'avais un truc d'une extrême importance à lui demander. Entre seize heures et seize heures dix-huit, heure de mon arrivée à la bibliothèque, quelqu'un avait emprunté *La Protestation*. Existait-il un moyen de savoir qui l'avait en sa possession ?

J'ai décidé de chercher seul. Je me suis mis aux commandes du minitel pour mener mon enquête. J'ai trouvé assez rapidement la fiche de *La Protestation*. L'auteur, l'éditeur, le nombre de pages, etc. Le nom de l'emprunteur ne figurait nulle part. Le seul élément que j'ai découvert, c'est que le livre devait être rendu le 7 mai.

Ça confirmait qu'il avait été emprunté aujourd'hui, le délai de prêt étant de trois semaines.

Je me suis approché du comptoir...

– Isabelle, je...

– Qu'est-ce que tu veux ? Tu as encore un problème ?

Pour être de mauvaise humeur, elle était de mauvaise humeur ! Le menton comme le dessus d'un iceberg, pointu et glacé. Les lèvres frémissantes et les dents serrées.

– Non, rien.

Je n'ai pas eu le courage d'insister. Elle m'intimidait avec sa mine sombre et son expression anormalement sévère.

– Si, il y a quelque chose ! Je suis là pour renseigner les gens, alors n'hésite pas ! Que veux-tu savoir ?

Je me suis engouffré dans la brèche.

– Ben voilà, j'ai oublié un papier très important dans un livre qui a été emprunté peu après l'ouverture de la bibliothèque. Est-ce qu'il existe un moyen de savoir qui est l'emprunteur ?

Elle allait percer à jour mon stratagème, sûr !

– Quelle sorte de papier ?

Allez, au pif...

– Une ordonnance.

Elle m'a sermonné. Au programme du jour : les marque-pages. Il ne fallait pas utiliser n'importe quoi. En plus, la bibliothèque en fournissait un gratuitement à chaque fois qu'un lecteur venait enregistrer des livres. Je n'avais aucune excuse. Utiliser une ordonnance qui n'était pas encore passée chez le pharmacien s'apparentait à de la folie pure. Et toc !

– Pour répondre à ta question, c'est oui. On peut savoir qui a emporté un livre. Le titre ?

Pour un peu, je me serais prosterné à terre et vautré dans les remerciements, mais je n'en avais pas le temps.

– *La Protestation*.

– Je vois. Un bon choix.

Il ne lui a pas fallu longtemps pour obtenir le renseignement que je cherchais.

– Mlle Duchiron.

Ce n'était pas possible.

– Marie Duchiron ?

– Oui. Tu la connais ?

Misère !

– Oui, elle est dans ma classe.

– Eh bien comme ça, les présentations sont faites.

Marie = ELLE. Je n'arrivais tout simplement pas à y croire. C'était... c'était une farce.

Ça ne pouvait pas être Marie. D'abord parce que c'était la meilleure copine de Julibelle. Ensuite parce qu'elle ne me plaisait pas, mais pas du tout alors ! J'étais dans de beaux draps.

– Vous êtes sûre ?

– À cent pour cent, jeune homme.

Remisère !

Une lectrice a déposé des livres dans le bac des retours. Isabelle s'est penchée pour les attraper et les enregistrer. Soudain, elle s'est mise à tempêter et à gesticuler. Pendant un moment, j'ai oublié Marie...

– Qu'est-ce qu'il y a ?

Isabelle est devenue dragon jusqu'au bout des griffes. Elle crachait des flammes.

– Il y a que certains jeunes lecteurs écrivent sur les livres. Je ne supporte pas ça !

Mon sang m'a quitté.

– Faut être un sauvage pour faire des choses pareilles !

Je suis devenu transparent jusqu'à l'extrémité des oreilles. Si Isabelle menait son enquête parmi le personnel de la bibliothèque, j'étais cuit. Elle découvrirait que je griffonnais dans les livres.

– Qu'est-ce qui est écrit ?

Des messages ? Des déclarations d'amour ? Des poèmes ?

– Regarde.

Elle m'a montré un livre grand ouvert. Je me suis dégonflé comme un ballon de baudruche et je suis parti d'un rire démentiel.

Il s'agissait d'un album pour les bébés gribouillé aux crayons de couleur. Du bleu, du vert, du marron... Des pelotes de traits partaient dans tous les sens. Du boulot de pro de maternelle !

– Tu trouves ça drôle ?

Mon rire s'est éteint net comme un feu noyé par un seau d'eau. C'était hilarant mais il ne fallait pas que ça se sache.

– Non, absolument pas.

Pour me calmer, j'ai pensé à Marie. Ma gaieté m'a quitté. J'ai basculé dans la mélancolie en comprenant que j'aimais ELLE parce que je ne la connaissais pas, parce qu'ELLE était un rêve. La réalité allait tout briser.

ELLE a maintenant un visage
Mais ce visage n'est pas celui que j'attendais
ELLE a maintenant un nom
Mais j'ai envie de le changer.

C'était un amour sans espoir.

Vendredi 19 avril
Éruptions solaires

J'ai évité de regarder Marie quand nous sommes rentrés en classe. Pourtant, j'avais des renseignements importants à lui demander à propos de la santé de Julibelle et de son moral. Je ne pouvais tout simplement pas. À ma tronche écarlate, elle m'aurait immédiatement identifié comme l'auteur du poème griffonné page 72 de *La Protestation*. Elle savait que j'écrivais de la poésie. Elle devinerait aussi que j'avais dévoré ses messages et que j'étais amoureux dingue d'ELLE. Le problème, c'est que je me refusais à faire coïncider ELLE et Marie. Pour moi, il s'agissait de deux personnes bien distinctes.

Sans y prendre garde, je me suis retrouvé assis à côté de Yannick. Il me fixait en silence.

– Qu'est-ce que tu zieutes ? Tu m'as jamais vu ?

Pourquoi ne disait-il rien ?

– Y a quelque chose qui ne va pas ?

Je me suis tourné vers la prof de français qui nous a annoncé la visite d'une mystérieuse personne et n'a pas accepté de nous en dire plus. Quelqu'un allait débarquer dans la classe et nous allions devoir rédiger le compte rendu de sa venue. Passionnant.

Yannick me regardait toujours. La prof de français pouvait nous raconter sa vie en long, en large et en travers, il ne l'écoutait pas. Je sentais ses yeux posés sur mon profil droit et son regard finissait par me chatouiller. Je me suis tourné brusquement vers lui et j'ai grincé :

– Si t'as quelque chose à me demander, crache ! Sinon, dégage !

M'ayant entendu, la prof m'a lancé un regard désapprobateur. J'ai haussé les épaules et pincé les lèvres en signe de soumission. Le décalcomaniaque a alors ouvert la bouche.

– Ma lettre ?

– Quoi ta lettre ?

– Tu l'as donnée à Sybille ?

Aïe ! J'avais complètement oublié.

– Non. Mais Sybille l'aura en main propre aujourd'hui, je te le promets.

En l'examinant, j'ai deviné qu'il avait autre chose à me demander.

– C'est quoi, cette fois ?

Il a un peu tourné autour du pot avant de se jeter à l'eau.

– J'ai une lettre...

– Une autre ?

– Oui.

– Mais Sybille n'a même pas lu la première !

– Non, pour Julibelle.

– Tu veux que je la lui donne ?

– Oui.

J'avais promis d'aller voir Julibelle à l'hôpital, samedi. Mais pour les fleurs, je n'avais pas un sou.

– Ce sont tes excuses ?

– En quelque sorte, oui.

– Bon d'accord.

J'étais vraiment d'une humeur d'ange...

J'ai empoché la lettre mais je n'ai pas eu le temps de savoir ce que signifiait ce « en quelque sorte, oui ». Notre mystérieux visiteur était là, un homme d'un certain âge, en panoplie costume-cravate. À part ça, il avait plutôt l'air sympathique.

La prof de français s'est assise derrière nous, lui laissant le champ libre. Il a accroché son imperméable au portemanteau et posé sur le bureau une mince serviette de cuir. Nous étions à peu près sûrs qu'il allait nous présenter un métier loufoque. La prof nous avait habitués à des rencontres insolites qui devaient, selon elle, nous ouvrir l'esprit.

J'ai hésité entre croque-mort, médecin légiste ou écrivain. J'avais tout faux. Yannick pensait que c'était un tatoueur. Faux également.

Il s'est éclairci la gorge. Hum, hum. On devait un peu l'intimider.

– Bonjour, je m'appelle Jean Hauteforme. Je suis venu, sur l'invitation de Mme Barril, votre professeur principal, vous présenter mon activité. Je suis graphologue.

Graphoquoi ? Le mot se terminait comme

astrologue. Existait-il un rapport entre ces deux professions ?

– Avez-vous une idée de ce dont il s'agit ?

Personne n'a osé répondre de peur de tomber à côté. Alors il s'est lancé. Il nous a épatés. C'était facile, on n'y connaissait rien ! Alors récapitulons...

La graphologie consiste à interpréter l'écriture. Elle permet de connaître le caractère des membres de notre famille et de nos amis (pas besoin de ça !). Elle nous dévoile à nous-mêmes nos dons cachés.

– Il est utile pour vous d'acquérir quelques notions sur la question, a précisé Mme Barril. Vous risquez en effet d'y être confrontés lorsque vous chercherez du travail. Certains employeurs font analyser l'écriture des candidats pour mieux les choisir.

– La graphologie, a complété M. Hauteforme, sert aussi à trouver le partenaire idéal, savoir si son esprit et le nôtre peuvent s'accorder...

J'étais perplexe jusqu'à ce qu'un déclic se produise dans mon esprit. La graphologie m'était finalement indispensable. J'ai écouté la suite avec une attention extrême, buvant les paroles de M. Hauteforme, les moindres détails de l'interprétation graphologique me paraissaient subitement vitaux.

Par exemple, la position de la signature qui accompagne un texte est primordiale. Trop loin, le sujet est indifférent à autrui. Trop près, il manque d'autonomie. Subrepticement, j'ai jeté un coup d'œil à mon cahier dans lequel j'avais soigneusement décalqué les premiers messages d'Elle. Sa signature m'a semblé se trouver à une distance convenable, ni trop près ni trop loin. Mais c'était un élément un peu mince.

M. Hauteforme nous a donné ensuite quelques exemples d'écriture. La cruauté se caractérise dans un texte par une écriture acérée à angles régressifs, bâtonnée ou monotone.

Heureusement, il nous a aussitôt traduit ce charabia.

Acéré : trait qui se termine en pointe comme un glaive.

Bâtonné : lettres simplifiées à l'extrême qui finissent par ressembler à des bâtons.

Monotone : écriture trop régulière.

Régressif : écriture penchée vers la gauche.

Possédait-ELLE un fond de cruauté ou était-ELLE la douceur même ?

À la fin du cours, le troupeau est parti en beuglant. Moi, je me suis planté devant le bureau, en attendant que M. Hauteforme et Mme Barril aient terminé de se remercier l'un l'autre.

La prof s'est aperçue la première de ma présence insistante.

– Que veux-tu, Élie ?

C'était pas le moment de me tortiller les doigts en bafouillant.

– J'ai quelque chose à demander à M. Hauteforme.

– Bon, ça me semble important, a-t-elle jugé. Je vous laisse avec mon élève. Rejoignez-moi dans la salle des professeurs quand vous aurez terminé.

M. Hauteforme s'est incliné. Pas moi.

– Merci, m'dame !

Cette prof était extra ! Je n'avais rien dit. Elle avait tout compris.

Le graphologue m'a observé avec amusement.

– Tu as quelque chose à me montrer ?

Comment avait-il deviné ? J'ai sorti le cahier de mon cartable et je le lui ai tendu, ouvert à la page où figurait le premier message d'ELLE.

Il s'est penché sur le texte, en se caressant le menton avec le pouce et l'index.

– Les conditions d'une bonne étude graphologique sont loin d'être remplies mais je vais essayer de trouver la substantifique moelle de cette écriture.

J'étais suspendu à ses lèvres. Il tenait ma vie entre ses mains. Quelques secondes se sont écoulées, pareilles à des siècles.

– Bon, voilà en gros ce que je peux te dire : il s'agit d'une fille.

Ouf ! J'étais sauvé. L'hypothèse d'une blague de la part d'un garçon était définitivement écartée.

– Une jeune fille, sans doute. L'écriture est lente, régressive et ronde : elle est romantique.

La pression semble faible : elle est timide. Les lettres sont liées, bien espacées et lisibles : elle est sociable et s'intéresse aux autres. L'écriture est progressive, légèrement montante : elle manifeste un optimisme indestructible. Je ne peux guère t'en révéler plus avec ce document.

C'était déjà pas mal. Mais ça ne m'apprenait pas si ELLE était jolie et si ELLE m'aimait.

Je l'ai remercié chaleureusement.

– Vous êtes un frère !

– On ne m'a encore jamais dit une chose pareille. C'est un compliment ?

Un peu que c'était un compliment ! D'habitude, on ne les portait pas dans notre cœur les vieux croûtons en costard...

– Tu sais, il faudrait une véritable lettre pour en savoir davantage.

– Oui, mais y a un hic.

– Un hic ?

– Ce serait trop long à vous expliquer. L'important, c'est que ça ne ressemble pas du tout à Marie.

En fait, c'est exactement ce que j'avais voulu qu'il me prouve. J'avais maintenant la certitude que Marie n'avait rien à voir avec ELLE. Mais cela n'expliquait pas pourquoi elle avait emprunté *La Protestation*. Je ne croyais pas au hasard...

– Marie ?

– Marie Duchiron. C'est une fille de la classe. Une grande brune avec des yeux de cochon...

Un craquement de table... Je me suis

retourné. Marie était là, peut-être depuis le début, silencieuse. Elle était remontée chercher le cahier de classe, oublié dans la précipitation de la sortie. Marie est l'une de nos deux délégués.

Maintenant, elle était au courant de tout. Elle allait crier sur les toits que j'étais amoureux d'une fille romantique, sociable et optimiste. Et naturellement, elle remuerait ciel et terre pour savoir qui se cachait derrière ce portrait-robot. Cela m'a mis en rogne.

– Je vous présente Marie Duchiron. Vous devriez étudier son écriture. Vous ne seriez pas déçu du voyage.

M. Hauteforme s'est excusé et nous a quittés. Mme Barril l'attendait.

Je l'ai regardé partir, puis j'ai fusillé Marie du regard.

– Au lieu de m'espionner, tu ferais mieux de me donner des nouvelles de Julibelle.

Elle est passée devant moi, s'est saisie du cahier de classe, est repassée devant moi et s'est arrêtée dans l'encadrement de la porte. Rien que pour me montrer qu'elle me dépassait d'une tête. Espèce de grande perche attardée !

– Donnant, donnant. Dis-moi qui tu aimes, je te dirai comment va Julibelle.

Petit un, je n'en savais rien. Petit deux, plutôt crever !

– C'est pas toi, je peux te le garantir !

Je l'ai bousculée afin qu'elle comprenne qu'il

ne suffisait pas d'être la plus grande pour être la plus forte. Elle a hurlé :

– Tant mieux parce que tu n'es pas un cadeau !

Ce genre de pique me laissait froid.

Une fois dans la cour, je me suis souvenu que j'avais une mission à remplir. Inutile de tergiverser. Le décalcomaniaque ne me lâcherait pas tant que je n'aurais pas acheminé à bon port sa déclaration d'amour.

J'ai repéré Sybille assez vite. Ses copines habituelles l'entouraient comme un nuage de moucherons. J'ai traversé la cour au pas de course, fendu sa cour à elle, et me suis incliné devant sa majesté, la Cainfette. Mon apparition subite ne l'a pas déstabilisée.

– Tiens, l'Huître ! Acte II, scène I ! a-t-elle ironisé.

– Non. Le Décalcomaniaque amoureux. Acte I, scène II ! ai-je répondu du tac au tac.

Je lui ai tendu la lettre de Yannick. Autour de Sybille, le nuage s'est esclaffé.

– Un autre poème ?

Elle a pris l'enveloppe entre le pouce et l'index comme un chewing-gum usagé.

– Non. L'épave des bas-fonds est restée dans les abysses. Personne ne peut la renflouer, comme le *Titanic*. Aujourd'hui, je suis un simple messager. Un ex-copain veut te déclarer sa flamme. Un vrai pyromane ! Tchao, bonsoir !

Et je l'ai plantée là.

En m'éloignant, j'ai eu l'impression de quitter une basse-cour.

– Montre !

– Fais voir !

– Ouvre !

Cot cot cot ! Radote !

Je me suis senti beaucoup plus léger le reste de la journée.

Évidemment, le Cainf m'a chopé à la sortie. Ses principaux lieutenants étaient là, pressés d'en découdre. La bave coulait de la commissure de leurs lèvres, les chiens ! Mais le Cainf les a retenus. Il s'est jeté sur moi et a fait semblant de me casser la gueule. On a roulé au sol et, tandis qu'il me couvrait de beignes factices, nous avons discuté d'homme à homme.

– Je t'avais dit de ne pas approcher de Sybille, flipette !

– Avec moi, tu ne crains rien. Je l'aime plus.

– Qu'est-ce que tu lui as donné, c'matin ?

– Le message d'un copain. Mais ne te bile pas, c'est un barjo. Sybille n'a aucune chance de tomber amoureuse de lui.

– Pourquoi t'as fait ça ?

– C'est un paumé, j'te dis. J'ai eu pitié. J'ai pas osé refuser.

– Fallait me prévenir, que je lui règle son compte !

– J'suis pas un cafteur !

Je n'avais plus peur du Cainf. Et je savais pourquoi. Il me respectait. Hallucinant !

Ses lieutenants l'encourageaient en gesticulant comme des gorilles.

– Écrase-lui la tête !

– Arrache-lui un bras !

– Coupe-le en deux !

Ben voyons. Le Cainf et moi, nous n'avons pas tenu compte de leurs conseils.

– Le prochain coup, tu m'préviens avant ! Je déteste qu'on me fasse un p'tit dans l'dos !

– Y aura pas de prochaine fois. J'te le jure !

– Alors on s'sépare, mec !

Il m'a filé un gnon authentique pour que la bagarre ait l'air plus vrai et s'est redressé, les bras levés vers le ciel en signe de victoire. Le Cainf se prenait pour Rocky. Quelle andouille !

Je suis resté un moment au sol pour donner le change. J'étais quand même un peu sonné. Je me tenais l'œil, là où il m'avait frappé. J'avais un peu mal. Ça allait enfler.

Marie Duchiron est passée à côté de moi et m'a tiré la langue. Je n'aurais pas cru ça d'une fille du collège. J'ai rien dit parce que j'étais censé être K.-O. mais je fulminais. Pour me venger, j'ai imaginé le couple de l'année : Marie et Yannick !

Ah, ah, la perche et le décalcomaniaque !

Bon, je ne pouvais pas passer le restant de l'après-midi à me bidonner. En me relevant, j'ai justement aperçu Yannick qui filait à l'anglaise. Il commençait à m'échauffer les oreilles, celui-là. J'ai décidé de lui faire une vacherie et je savais exactement laquelle !

Les cars étaient déjà partis. Je suis rentré à pied. J'ai fait un détour par la bibliothèque. Isabelle était je ne sais pas où, et l'employée qui m'avait surpris à écrire sur un livre ne s'est pas émue de me revoir. Soit elle ne m'a pas reconnu. Soit elle avait la flemme de me sermonner.

La Protestation n'était toujours pas revenu. Un des deux exemplaires de *L'Affaire Caius* n'était plus là. Je brûlais de découvrir l'identité de son emprunteur mais je ne pouvais pas demander à l'employée. Je connaissais d'avance sa réponse. Il ne me restait que la ruse.

Je me suis baladé au premier étage mais il n'y avait aucune trace d'Isabelle. J'ai interrogé un bibliothécaire qui rangeait des livres. Isabelle était en congé. Aaarrrgh !

Au moment où je redescendais en section jeunesse, j'ai surpris l'employée qui s'éclipsait discrètement. J'ai deviné sa destination : les toilettes !

Sans perdre une seconde, j'ai couru jusqu'à l'écran qui trônait sur le comptoir. Bon, ça ne devait pas être plus compliqué que le minitel. En fait, c'était beaucoup plus rapide. J'ai choisi RECHERCHE SIMPLE. À TITRE, j'ai tapé *L'Affaire Caius*. Il y en avait deux exemplaires. Bien. À EXEMPLAIRE, je n'ai rien trouvé, sinon que le livre venait d'être emprunté le jour même. Décidément !

J'avais le choix entre SORTIE SUR IMPRIMANTE (P), MATIÈRES (2), MODIFICATION

(!) ou RETOUR (0). J'ai opté pour la troisième possibilité qui m'a dévoilé la fiche du livre que les lecteurs ne voient jamais. Comment avait procédé Isabelle le jour où elle avait recherché pour moi l'identité du lecteur de *La Protestation* ? Je ne m'en souvenais plus. Un menu comportant de nombreuses zones s'offrait à moi ; elles étaient numérotées de un à vingt-sept et contenaient toutes les caractéristiques de l'ouvrage. J'en ai essayé plusieurs, sans résultat. Finalement, je suis tombé dans la fiche d'achat du livre. Il y avait le prix, la date d'acquisition, l'identité du fournisseur, le nom du précédent emprunteur et celui de l'emprunteur actuel : 1200909006 DUCHIRON.

Damned !

Il n'y avait qu'une seule explication possible. Marie avait intercepté ma correspondance avec ELLE, par hasard, et s'était mise dans l'idée de prendre sa place. Mon Dieu !

– Ne vous gênez pas ! Faites comme chez vous ! Vous voulez que je vous aide ?

L'employée était de retour. Je ne l'avais pas entendue arriver.

– Heu... L'ordinateur a fait un drôle de bruit. Comme je m'y connais un peu, je suis venu voir ce qui se passait. Je crois que ça va aller maintenant.

Très vite, je suis revenu sur l'écran initial. ENTER, 0 + ENTER. Ni vu ni connu. L'employée était embrouillée, mais, à mon avis, elle doutait fortement de la sincérité de mes explications.

– Au revoir, m'dame ! Dites bonjour à Isabelle de ma part. J'espère qu'elle passe de bonnes vacances…

Elle m'a regardé, bouche bée.

J'étais content de moi mais j'avais un problème géant : Marie Duchiron. À cause de cette curieuse, le contact avec ELLE était rompu. Comment allais-je le renouer ?

SAMEDI 20 AVRIL

Samedi 20 avril
90° C à l'ombre

J'ai rêvé d'ELLE. Enfin, c'était plutôt un cauchemar. Elle avait la tête de Marie. Je me suis réveillé en sursaut au moment où son visage s'approchait inexorablement du mien pour m'embrasser.

J'ai hurlé et je me suis débattu dans mes draps, jusqu'à ce que je comprenne que Marie n'était pas dans ma chambre. Je me suis senti incroyablement soulagé. Tout ça semblait si réel…

Heureusement, il n'y avait personne à la maison. Mes parents étaient partis au marché comme chaque samedi matin. Et il n'y avait pas de cours au collège. Pas d'obligation… Si, une. L'hôpital. Julibelle.

En déjeunant, je me suis rappelé que le décalcomaniaque m'avait donné une lettre d'excuses pour elle. Je me suis rappelé également que je m'étais promis de lui faire une crasse. Alors, sans cesser de mâchonner ma tartine, j'ai pêché l'enveloppe dans mon cartable et je l'ai ouverte, sans chercher à masquer mon indiscrétion. L'écriture de Yannick était petite et torturée. Elle présentait les caractéristiques d'un maniaque sentimentalement sous-développé. Rien d'étonnant à cela !

En lisant le texte, cette impression s'est renforcée.

Chère Lilibelle,

Je te demande pardon. Mille fois pardon. Quinze milliards de fois pardon. Mon cœur est comme un yoyo, il monte et il descend sans arrêt. Je n'arrive pas à le stabiliser. Je t'aime beaucoup mais comment dire ? J'ai un cœur passoire. Je ne contrôle ni qui pénètre à l'intérieur ni qui en sort. Il est ouvert à tous les vents.

Une autre fille vient d'y entrer. Je ne pense plus qu'à elle.

Pardon : quinze milliards de fois pardon.

Je ne te demande qu'une faveur : ne sors pas avec Élie. C'est un sournois. Grave ! D'ailleurs, en ce moment, il m'inquiète. Je ne voudrais pas qu'il te fasse du mal.

Pardon : quinze milliards de fois pardon au carré.

Bisous.

Ton Yoyo.

Le monde à l'envers ! Moi, provoquer le malheur de Julibelle ? Ce type était tombé quinze milliards de fois sur la tête.

J'en ai oublié de beurrer ma deuxième tartine. Je l'ai mangée nature.

Si le Cainf veut faire une grosse tête à Yannick, qu'il ne se gêne pas. Il ne faut compter sur moi ni pour intervenir en sa faveur ni pour me rendre à son enterrement. Je suis définitivement dégoûté de lui.

À midi, mes parents n'ont pas réussi à me convaincre d'avaler quoi que ce soit. Yannick, ce Judas, était capable de vous couper l'appétit pour mille ans.

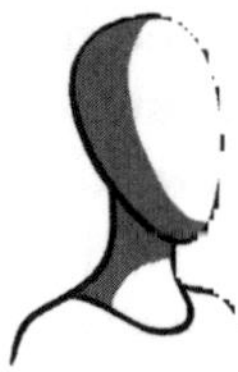

Avant d'aller à l'hôpital, je suis passé une nouvelle fois à la bibliothèque. Mais Marie n'avait pas rapporté *La Protestation*. Et si elle ne le rendait jamais ? Tout serait fini entre ELLE et moi. J'ai préféré enfouir cette hypothèse au plus profond de moi.

En franchissant la porte coulissante de l'hôpital, j'avais décidé d'avouer à Julibelle l'existence d'ELLE et de lui dévoiler quelle était la véritable personnalité du décalcomaniaque. Je voulais que les choses soient claires entre nous. Mais j'avais terriblement peur que la révélation de mes secrets ne réduise en bouillie notre amitié.

Je n'aime pas les hôpitaux car ils sont blancs

et ils sentent la maladie. Ils ont un petit goût de mort.

Celui-là était comme les autres. Exactement aussi affreux.

J'ai circulé dans les couloirs en apnée pour éviter que les odeurs hospitalières me désinfectent les narines. Si j'avais trouvé l'argent pour acheter un bouquet, j'aurais pu m'enivrer du parfum des fleurs. Mais je manquais de thune en ce moment ; poète maudit et fauché...

213. 213. 213. Je répétais le numéro de sa chambre pour me rassurer. 213. J'avais passé le premier étage. Service de rhumatologie. Je ne savais pas qu'il existait de grands professeurs spécialistes du rhume. 213. Deuxième étage. Trois couloirs partaient du palier. Chirurgie 1 : chambres 200 à 220. J'ai laissé tomber Chirurgie 2 et Chirurgie 3. 213...

– Élie ! Qu'est-ce que tu fais là ?

Pas possible. Je ne connaissais personne ici, à part Julibelle. J'ai jeté un coup d'œil derrière moi. Le cauchemar de ce matin m'avait rattrapé. Marie ! Éclatante comme un coquelicot. Sourire jusqu'aux oreilles. Schmack ! Elle m'a embrassé sur les deux joues. Elle n'avait pas été aussi agréable avec moi depuis le C.P. C'était un jour à marquer d'une pierre blanche.

– Tu vas voir Julibelle ?

Difficile de répondre non.

– Suis-moi, je vais te servir de guide.

Vraiment trop aimable.

Elle a dépassé la porte 213 sans s'apercevoir de rien. Fameux, le guide !

– Attends, c'est là !

– Non. Ils ont changé Julibelle de chambre hier parce que le deuxième lit était occupé par un mioche qui pleurnichait toute la journée. Un vrai cauchemar. Julibelle n'en pouvait plus. Elle ne dormait pas de la nuit. Et le jour, elle n'arrivait même pas à regarder la télévision. Plus elle montait le son, plus il chouinait. Un enfer.

Elle s'est arrêtée devant la porte 219, a frappé deux petits coups secs. Une voix a dit :

– Oui ?

Nous sommes entrés.

Pauvre Julibelle. Elle était un peu pâle. Péritonite rime avec dynamite. Ça doit faire drôlement mal.

Quand elle nous a vus, son visage s'est éclairé. Enfin, c'est à moi qu'elle souriait, je crois. Marie s'est jetée sur son lit pour l'embrasser. Une joue. Deux joues. Trois joues. Quatre... Stop ! Elle allait me l'user, Julibelle.

Mais il fallait que je me montre indulgent avec Marie. Sans elle, je me serais trompé de chambre. Au fond, elle n'était peut-être pas aussi mauvaise qu'elle en avait l'air.

Les deux filles se sont mises à papoter comme si je n'étais pas là. J'ai tendu l'oreille pour passer le temps. Affligeant.

MARIE – Y a un nouveau garçon au collège. Il est canon !

JULIBELLE – Comment s'appelle-t-il ?

MARIE – Marc.

JULIBELLE – Et alors ?

MARIE – Il a des yeux, j'te dis pas ! Beaux comme des galaxies et profonds comme des trous noirs qui t'aspirent... Impossible de leur résister !

JULIBELLE – J'ai hâte de voir à quoi il ressemble.

Julibelle n'était plus aussi blanche que tout à l'heure. Le fameux Marc au regard cosmique lui avait redonné des couleurs. C'est bizarre, mais ce mec, moi, je ne l'avais pas remarqué...

J'ai eu envie de partir. J'étais vexé. J'étais jaloux. Un goût de fiel m'a empli la bouche. Ma gorge me piquait. J'ai toussé.

Marie m'a ignoré mais Julibelle a enfin pris conscience de ma présence.

– Ça va, Élie ?

– C'est plutôt moi qui devrais te le demander !

Elle m'a souri. Je n'étais pas craquant comme Marc mais j'étais là, bien vivant avec mes yeux marron gris pareils à de vulgaires météorites.

– Ça va beaucoup mieux depuis que j'ai une chambre individuelle.

– Oui, je sais, Marie m'a raconté l'histoire du pleurnichard. Tu n'as pas trop mal ?

– Ça tire un peu mais c'est tolérable. Je ne pourrais pas reprendre la G.R.S.[1] avant deux ou trois semaines.

1. G.R.S. : Gymnastique Rythmique et Sportive.

– Carrément un mois, tu veux dire ! s'est exclamée Marie en posant sur une chaise le sac en plastique qu'elle avait apporté.

Il était légèrement entrouvert. J'ai reconnu *L'Affaire Caius* et le rectangle blanc strié de noir, là, sur la couverture, c'était le code-barre de la bibliothèque. Pourquoi Marie se baladait-elle avec le livre ?

Troublé, j'ai perdu le fil de la conversation. Marie en a profité pour reprendre ses bavardages de minette. J'aurais donné ma chemise pour qu'elle soit téléportée très loin. Dans une autre dimension, par exemple.

Perdu dans mes pensées, j'ai imaginé Marie en train de rédiger un message dans *L'Affaire Caius*. « Finis les secrets. Il faut s'affronter. Il faut se voir, c'est ce que tu as écrit dans ton poème. Tu as parfaitement raison. Bas les masques, je m'appelle Marie Duchiron ! Je suis douce comme une peluche. J'ai des yeux, c'est des soleils. Je suis la fille qu'il te faut... »

Damned ! Elle était capable de pondre un truc dans ce genre-là.

– Eh Élie, où es-tu ?

Il m'a bien fallu quinze secondes pour m'apercevoir que cette question s'adressait à moi. Julibelle s'inquiétait de ma pâleur soudaine, de mon silence, de mon absence.

– Dans le cirage.

Marie m'a observé. J'en ai été gêné. Son examen l'a convaincue que j'étais un cas désespéré et cela l'a décidée à mettre les voiles.

– Allez, je t'abandonne, ma Julibelle. On se reverra chez toi.

Elles se sont embrassées. Une joue, deux joues, trois joues, quatre… Stop !

– Salut, Élie. À lundi !

Marie s'est évaporée.

Tout à coup, la chambre m'a paru vide. Mais un détail clochait. Je l'ai repéré presque par hasard, en voulant m'asseoir. Marie avait oublié son sac en plastique…

– Tiens, Marie a laissé ses affaires, ai-je constaté bêtement.

Julibelle n'a rien dit. Non, rien. Mais ses yeux se sont tournés vers moi et je me suis senti bizarre.

J'ai attrapé le sac par ses deux poignées à moitié craquées et je me suis dirigé à grandes enjambées vers la porte.

– Je vais le lui rapporter. J'ai peut-être le temps de la rattraper avant qu'elle ne sorte de l'hôpital.

– Non, reste là !

C'était un ordre. Enfin, ça y ressemblait. Je me suis arrêté, coupé net dans mon élan. Je ne comprenais rien. *L'Affaire Caius*, au fond du sac, grippait les rouages de mon intelligence.

– Pourquoi ? C'est juste l'histoire d'une p'tite minute.

J'avais décidé de mettre Marie au pied du mur. Je ne pouvais plus tenir. L'occasion était trop belle. « Pourquoi cherches-tu à prendre la place de Béatrice Joly ? » La réponse serait contenue dans sa réaction. Et enfin, je pourrais renouer le fil avec la véritable ELLE…

Mais Julibelle voulait m'en empêcher. Pourquoi ?

– Ces affaires sont pour moi.

J'ai regardé le sac, puis Julibelle.

– Tout ?

– Oui. J'avais demandé à Marie de me les apporter.

Je suis revenu vers le lit.

– Même le livre ?

Elle n'a pas prononcé un mot. Elle a simplement hoché la tête. Ses yeux ne me quittaient pas, des yeux bavards qui semblaient vouloir me raconter une histoire. J'ai reposé le sac sur la chaise.

– *L'Affaire Caius* ?

J'avais compris. Mais il était vital qu'elle m'enfonce la réponse dans la tête comme un clou dans un mur avec un marteau. C'était, je crois, trop beau pour être vrai.

– Oui, *L'Affaire Caius*. Tu es content, maintenant ?

J'étais incapable de dire oui, et encore moins de dire non.

Alors Julibelle a comblé les blancs de la conversation.

– J'ai un faible pour toi depuis longtemps, Élie, mais la vie est si bizarre. Elle nous éloigne parfois de ceux dont on voudrait se rapprocher. Yannick était entre nous. Je ne l'aimais pas vraiment. J'ai pris conscience de ce que je ressentais pour toi quand je suis sortie avec lui. Difficile à admettre, n'est-ce pas ? Tu te demandes sans doute comment on peut tenir la main d'un garçon en pensant à un autre. C'est absurde. Quelquefois, on se surprend soi-même...

J'étais prêt à tout admettre. Mais je ne l'ai pas fait savoir à Julibelle qui a continué.

– J'étais malheureuse pour Yannick, pour toi et pour moi. Entre nous trois, il y avait un malentendu. Je ne pouvais rien révéler ni à l'un ni à l'autre, alors j'ai écrit ce message dans *Boule et Bill*. C'était un appel au secours. J'avais besoin de me confier. Pourquoi pas à un lecteur anonyme ? J'ai signé Béatrice Joly, sans réfléchir ; un faux nom avec mes vraies initiales. B. J. : Bel Julie. Et puis j'ai continué parce qu'il était facile de s'adresser à un correspondant qui n'existait pas. Mais soudain, il s'est mis à exister !

J'ai subitement compris la troisième citation choisie par Julibelle dans *La Fille de 3ᵉ B*. « C'est tellement plus facile d'aimer les gens à distance. » Je n'avais pas vu ce qui me crevait les yeux. Je n'avais pas non plus identifié ce qui me crevait le cœur.

– Le jeu s'est poursuivi. Je ne pouvais plus l'arrêter. Quelqu'un me lisait, je le sentais. Je l'ai découvert le jour où j'ai voulu réemprunter le fameux *Boule et Bill* pour effacer le message. J'avais peur d'être reconnue, à cause de mes initiales. Mais il n'était pas là. Alors j'ai demandé à Isabelle, la bibliothécaire, le nom de la personne qui l'avait emporté. Et c'était toi ! Ensuite, je n'avais plus qu'une solution : aller jusqu'au bout. D'autant que tu ne comprenais rien à mes avances ou que tu refusais de les voir. Tu te rappelles, ce fameux dimanche où tu n'as pas voulu de moi. Alors j'ai pensé un peu plus fort à mon lecteur clandestin... Sur le papier, il était plus facile de te parler. Et puis tu étais tellement coincé dans la réalité !

Je me suis révolté contre cette embrouille.

– Je n'ai pas voulu de toi parce que je ne pensais qu'à ELLE, ELLE qui m'écrivait dans les livres. Je ne voulais que toi mais j'ignorais que tu étais ELLE. Quel drôle de hasard, tu ne trouves pas ? Si seulement j'avais su...

Elle a secoué la tête. Elle n'était pas d'accord avec moi. Je me suis creusé une petite place sur le lit. À deux centimètres du corps de JulibELLE. Elle était chaude comme une bouillotte. Dans ses bras, j'étais sûr de ne jamais prendre froid.

– Non, il n'y a pas de hasard là-dedans. Tu es tombé sur mon message parce qu'au fond il t'était destiné. C'est toi que je voulais atteindre. Je l'ai su quand j'ai lu ton poème dans *La Protestation*. Il était pour moi, j'en étais sûre ; comme si tu l'avais écrit en pensant inconsciemment à moi. Je crois que ça a été le plus beau jour de toute mon existence.

Après, curieusement, nous nous sommes tus. Les mots se bousculaient dans ma tête mais rien ne sortait de ma bouche. Si j'avais eu un papier et un stylo, j'aurais écrit le plus long et le plus romantique poème de ma vie. Or je n'avais rien. Je n'ai donc rien écrit.

Mais les premiers vers d'un poème de Paul Éluard se sont posés sur mes lèvres, comme un baiser : *L'Amoureuse*. Malgré moi, je l'ai récité en regardant Julibelle.

– « Elle est debout sur mes paupières
Et ses cheveux sont dans les miens,
Elle a la forme de mes mains,
Elle a la couleur de mes yeux,
Elle s'engloutit dans mon ombre
Comme une pierre sur le ciel. »

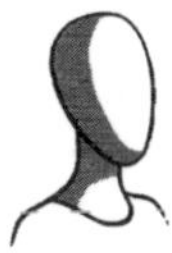

Puis, avec réticence, je lui ai donné la lettre de Yannick. Je l'avais emmenée avec l'intention de la jeter dans la première poubelle venue. À la dernière minute, je m'étais retenu. Sans savoir pourquoi. Bien vu, Élie !

Après lecture, Julibelle a rigolé. Pas trop fort parce que ça tirait sur sa cicatrice. Nous avons souri ensemble, lèvres contre lèvres.

Nous avions dans la bouche le poème d'Éluard...

Sans méchanceté, je me suis surpris à penser à Yannick et à sa missive assassine.

« Ne sors pas avec Élie. C'est un sournois. »

Trop tard, Yannick ! Il était trop tard depuis quatre livres ! J'avais la main de Julibelle dans la mienne, et je n'étais pas prêt de la lâcher. Personne ne me la prendrait, pas même le Cainf.

« Elle est debout sur mes paupières... »

PLUS TARD, AU MOIS DE MAI…

Plus tard, au mois de mai…

Ou peut-être en juin. Été précoce

Maintenant, quand je vais à la bibliothèque, je suis deux. C'est agréable. Avec Julibelle, on ne lit pas forcément les mêmes livres, mais on se les raconte.

Aujourd'hui, pourtant, je suis seul. J'ai un rencard.

– Bonjour, Isabelle. C'est plutôt calme, cet après-midi.

– Trop, à mon goût. Mais c'est normal, les enfants sont en classe… Comment se fait-il que tu ne sois pas en cours, Élie ?

Finis les mensonges.

– J'ai séché.

Elle a roulé de gros yeux en secouant son index devant mon nez.

– Ce n'est pas sérieux !

– C'est exceptionnel. J'ai rendez-vous avec quelqu'un.

– Une petite amoureuse ?

– Si vous aperceviez la tronche de la petite amoureuse…

– Je disais ça comme ça. C'est vrai que toi et Julibelle, vous êtes comme les doigts d'une même main !

– Vous voyez le gars balèze à la table, là-bas ?

– Oui. Il vient de temps en temps. J'ai essayé d'engager la conversation avec lui, mais il est un peu sauvage.

– C'est lui, mon rendez-vous !

– Lui ? Méfie-toi, il a l'air d'un voyou.

– C'est un voyou ! J'y vais, sinon il va s'impatienter.

Au moment où j'ai laissé Isabelle, une vieille dame lui a demandé un renseignement. Elle lui a répondu sans que son regard ne me quitte tout à fait.

Je me suis approché du Cainf. Plongé dans la lecture du même livre que le mois dernier, son doigt apprivoisant chacun des mots que ses yeux déchiffraient, il a levé la tête au dernier moment, quand mon ombre s'est projetée sur sa page.

– Alors, ta meuf, tu l'as trouvée ?

– Oui, elle était sous mes yeux.

– T'es vraiment un bouffon ! Tu sais qu'dans ma bande…

– Oui, je sais mais y a des mecs qui me reviennent pas.

– Et alors ? À moi non plus ! Dans une bande, il faut de tout, y compris des abrutis ! L'important, c'est d'être le chef !

– Je ne serais pas chef, moi.

– Oui mais bouffon, c'est presque aussi bien.

Nous ne serions jamais d'accord sur ce point.

– Tu n'as pas encore fini ton livre ?

Le Cainf a pris un air malheureux. C'était étrange de voir un grand gars comme lui avec une grimace de gamin. Aussi insolite qu'un éléphant avec une tête de souris.

– Si. Mais c'est la troisième fois que je le relis. J'ai pas tout digéré. Chaque relecture est différente et me fait découvrir des détails que je n'avais pas vus. Lire, tu vois, c'est comme attraper une bobine de fil barbelé à pleines mains. Ça pique ! Mais j'y arriverai coûte que coûte. J'ai pas peur de la douleur !

Bon, j'étais pas venu pour l'entendre se plaindre. Quoique je commençais à l'apprécier, le Cainf. En fait, Yannick se trouvait en fâcheuse posture. Et j'étais là pour lui sauver la vie. Julibelle avait insisté...

– Je voudrais te parler de Yannick.

– Qui c'est, ça ?

– Celui qui drague ta Sybille.

– C'est un mec mort. Il lui écrit tous les jours. Tu sais qu'il lui envoie des espèces d'autocollants ? J'ai fermé les yeux à cause de toi. Mais là, j'peux plus. J'vais le casser, le démonter, le réduire en pièces détachées.

– Justement. Tu pourrais pas lui laisser la vie sauve ? Il n'est pas responsable de ses actes.

– Non ! Ce relou m'a assez nargué. J'vais le clouer sur une porte. Après, j'le découpe en morceaux au chalumeau. Pour finir, j'en fais un méchoui et j'le donne à bouffer à mon chien.

Je ne savais pas bien comment m'y prendre pour prolonger la vie de ce pauvre décalcomaniaque. Le Cainf avait l'air décidé à le transformer en chair à pâté. Si Julibelle ne m'avait pas poussé, j'aurais jeté l'éponge. Mais je ne voulais pas la décevoir.

– Je te propose un marché, Moussa.

Sa paupière a tressauté. Il n'avait pas l'habitude de s'entendre appeler par son prénom. Moi, je préférais. Le Cainf, c'était un surnom de super héros...

– Dis toujours...

J'ai pris un grand bol d'air avant de me jeter...

– Voilà. Tu touches pas un cheveu de Yannick. Tu le laisses délirer jusqu'à ce qu'il se lasse. En échange, je t'aide en français. Pas pour les cours mais pour la lecture. On se donne rendez-vous à la bibliothèque une fois par semaine. On lit ensemble et on en discute.

Il n'était pas très chaud. Mais je le tenais au bout de mon hameçon. Moussa le Cainf avait envie d'écrire des livres comme ceux qu'il décryptait péniblement, mais il ne savait pas comment s'y prendre...

C'est pour cette raison qu'il s'isolait à la bibliothèque. Il rêvait et s'imprégnait de l'odeur des livres. Il brûlait de mettre sur le papier les idées et les émotions qui se bagarraient dans sa tête.

J'en avais la conviction.

– Tu te rappelles de l'Huître, Moussa ?

Hochement bref du chef. J'étais sûr qu'il avait aimé mon poème écrit pour Sybille et qu'il ne lui aurait pas déplu d'en être l'auteur. Mais il ne pouvait pas l'admettre parce qu'autour de lui, il n'y avait que des bœufs. Et puis il était un peu jaloux de moi...

Or c'était réciproque. Moi aussi, j'aurais aimé savoir me battre comme un boxeur.

– On écrira des poèmes ensemble. Des poèmes comme... tiens, écoute, c'est de Boris Vian. Ça s'appelle *Art poétique* :

« Il est évident que le poète écrit
Sous le coup de l'inspiration.
Mais il y a des gens à qui les coups ne font rien. »

Il a souri. J'avais touché dans le mille. Mais il hésitait encore.

– Personne ne le saura. Je t'apprendrai. Et quand tu seras prêt, ta Sybille n'en croira pas ses yeux. Les filles font semblant d'être fortes et branchées mais elles aiment qu'on les admire et qu'on se creuse la tête pour les séduire. Crois-moi, on n'a rien inventé de mieux pour leur plaire que de leur écrire des poèmes.

Il n'a rien dit. Mais c'était oui...

Le Cainf Moussa était couleur lumière.

– Ah, j'ai une dernière chose à te dire : je veux bien être ton bouffon. Parce qu'un bouffon, c'est souvent un conseiller ! Mais à l'essai. Un jour par semaine. Car, le reste du temps, je vais le passer avec Julibelle...

Ses dents ont éclaté de rire. Nous avons scellé notre pacte par une virile poignée de mains.

J'en ai encore mal aux doigts aujourd'hui...

INFORMATIONS Cascade

Mon âme a son secret, ma vie a son mystère :
Un amour éternel en un moment conçu ;
Le mal est sans espoir, aussi j'ai dû le taire.
Et celle qui l'a fait n'en a jamais rien su.
...

Un secret – Félix Arvers

LES BIBLIOTHÈQUES

Le mot « bibliothèque » peut désigner soit une collection de livres classés dans un certain ordre, soit le meuble où ces livres sont rangés pour pouvoir être facilement consultés, soit la salle, ou le bâtiment, où les collections sont conservées.

Les bibliothèques à travers les siècles

Les premières bibliothèques sont apparues en Asie et en Afrique, il y a environ quatre à six mille ans. En Chine, environ 15 siècles avant J.-C., toute l'histoire de la dynastie Chang était conservée, gravée sur des os d'animaux ou des carapaces de tortues. Les documents seront ensuite écrits sur la soie ou le bambou, en attendant l'invention du papier, en 105 après J.-C. Les bibliothèques étaient rattachées aux palais ou aux monastères. Le premier bibliothécaire salarié connu fut le philosophe chinois Lao Tse, en 550 avant J.-C.
Le pharaon Ramsès II possédait également une importante bibliothèque à Thèbes, appelée « La maison de vie ».

Malheureusement les textes étaient écrits sur du papyrus, trop fragile pour se conserver longtemps. En Assyrie, la bibliothèque d'Assurbanipal comportait plus de 30 000 tablettes de terre cuite.
Mais l'une des plus importantes bibliothèques de l'Antiquité fut sans doute celle d'Alexandrie. Fondée en 304 avant J.-C., elle contenait plus de 550 000 rouleaux de papyrus représentant 30 000 œuvres. Elle fut détruite par une succession d'incendies, le premier en l'an 47 avant J.-C. lorsque Jules César s'empara de la ville.

Les bibliothèques en France

En France, les premières bibliothèques se développent dans les monastères. Avant l'invention de l'imprimerie, ce sont les moines qui copient les manuscrits, dans une seule langue, le latin.
La bibliothèque royale, dont l'origine remonte à Charles V, deviendra sous la Révolution la Bibliothèque nationale. Depuis 1537, un décret y ordonne le dépôt obligatoire de deux exemplaires de tout ouvrage publié. La première bibliothèque ouverte au public est la bibliothèque Mazarine, au XVIIIe siècle.
De nos jours, toutes les bibliothèques sont sous le contrôle de la Direction du livre et de la lecture, qui dépend du ministère de la Culture. On compte plus de mille bibliothèques municipales, une centaine de bibliothèques départementales de prêt (B.D.P.), 77 bibliothèques universitaires, auxquelles il faut ajouter les

bibliothèques scolaires et des bibliothèques privées (Bibliothèque pour Tous, bibliothèques de comités d'entreprise, de prisons, d'hôpitaux, bibliothèques et centre de documentation des centres de recherches, laboratoires, sociétés, etc.).

Les livres

On trouve dans une bibliothèque une grande diversité de documents. Les livres sont répartis en deux grandes catégories : la fiction (romans, bandes dessinées, etc.) et les documentaires (dictionnaires et encyclopédies compris). Il faut y ajouter journaux et magazines, vidéo-cassettes, disques et cassettes audio, CD-ROM.
Les romans sont classés par ordre alphabétique d'auteurs, puis, pour un même auteur, par titre.
La classification des documentaires, par sujet, est plus compliquée. La méthode la plus couramment utilisée en France est la classification décimale Dewey, qui répartit les livres en dix grandes sections (500 : sciences, 900 histoire et géographie, etc.). Le sujet de chaque livre est défini par un numéro à trois chiffres.

LES PLUS GRANDES BIBLIOTHÈQUES DU MONDE

Moscou (Russie) – Bibliothèque d'État, plus de 30 millions de livres.

Washington (U.S.A.) – Bibliothèque du Congrès, 104 millions de publications dont 29 millions de livres.

Paris (France) – Bibliothèque Nationale de France (ou Très Grande Bibliothèque), 10 millions de livres à l'ouverture, prévue pour en recevoir 30 millions.

Cambridge (Massachusetts, USA) – Bibliothèque de l'université de Harvard, 10,41 millions de livres.

Londres (Grande-Bretagne) – British Library, 1,3 million de livres.

Tokyo (Japon) – Bibliothèque Nationale de la Diète, 5,89 millions de livres.

Strasbourg (France) – Bibliothèque Universitaire, 1,519 million de livres.

LA POÉSIE

Qu'est-ce que la poésie ? « Un art du langage, visant à exprimer ou à suggérer quelque chose par le rythme, l'harmonie et l'image. » C'est ce qu'en dit le dictionnaire, mais la poésie est difficile à définir. Elle est musique, elle est image, elle est faite de mots mais de mots qui viennent de l'âme, qui permettent de révéler ce que l'on ressent au fond du cœur.

Les premiers poèmes connus se trouvent dans la Bible. Le Livre des Psaumes est un recueil de cent cinquante chants religieux très anciens, écrits à diverses époques. Leurs auteurs étaient des chantres du Temple de Jérusalem. Beaucoup sont attribués au roi David lui-même.

PSAUME VL
(extrait)

« Mon cœur a frémit de paroles belles :
j'ai à faire entendre mon œuvre au roi
ma langue est le roseau d'un scribe agile. »

Au Moyen Âge, les troubadours savaient mieux que personne chanter avec légèreté et tendresse. Voici un extrait d'*Aucassin et Nicolette*, une « chantefable » due à un troubadour inconnu.

« Etoilette, je te vois,
Que la lune tire à soi
Nicolette est avec toi,
Ma petite amie aux cheveux blonds.
Je crois que Dieu a voulu l'avoir
Pour que la lumière du soir
Soit plus belle grâce à elle... »

À l'époque classique, on aime la rigueur, l'ordre et la régularité. La poésie, comme le théâtre, obéit à des règles précises. L'alexandrin, à douze pieds, donne aux poèmes une certaine solennité. C'est en alexandrins que Corneille et Racine écrivent leurs tragédies.

BAJAZET
Jean Racine
(Acte V, scène IV)

« Je ne vous dis plus rien : cette lettre sincère
D'un malheureux amour contient tout le mystère ;
Vous savez un secret que, tout prêt à s'ouvrir,
Mon cœur a mille fois voulu vous découvrir.
J'aime, je le confesse, et devant que mon âme,
Prévenant mon espoir, m'eût déclaré sa flamme,
Déjà plein d'un amour dès l'enfance formé,
À tout autre désir mon cœur était fermé... »

L'alexandrin, trop rigide, ennuie certains. Vous préférerez peut-être l'alternance de vers longs et courts qui accentue le rythme de la poésie, la rend plus proche, plus touchante. Mais attention, rien ne se fait au hasard ! Paul Verlaine utilise des vers impairs de trois, cinq et sept syllabes, ou de neuf, onze et treize syllabes.

CHANSON POUR ELLE

« Es-tu brune ou blonde ?
Sont-ils noirs ou bleus,
Tes yeux ?
Je n'en sais rien mais j'aime leur clarté profonde,
Mais j'adore le désordre de tes cheveux.

Es-tu douce ou dure ?
Est-il sensible ou moqueur,
Ton cœur ?
Je n'en sais rien mais je rends grâce à la nature
D'avoir fait de ton cœur mon maître et mon vainqueur. »

Lorsque la calligraphie elle-même devient partie du poème, on obtient un calligramme, véritable petit tableau en mots. Guillaume Apollinaire en a été l'inventeur. À vous, maintenant, de faire jouer votre imagination !

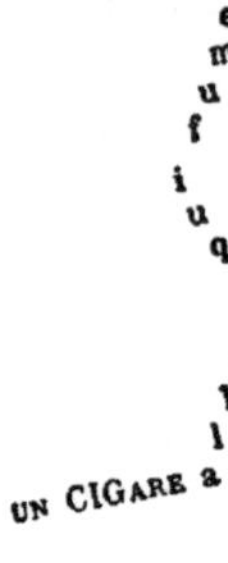

Et si vous refusez toutes les conventions, si vous aimez la provocation et l'absurde, essayez donc la recette poétique de Tristan Tzara, précurseur du mouvement « Dada » (nom choisi au hasard dans le dictionnaire par ces artistes révoltés).

POUR FAIRE UN POÈME DADAÏSTE

« Prenez un journal.
Prenez des ciseaux.
Choisissez dans le journal un article ayant la longueur que vous comptez donner à votre poème.
Découpez l'article.
Découpez ensuite avec soin chacun des mots qui forment cet article et mettez-les dans un sac.
Agitez doucement.
Sortez ensuite chaque coupure l'une après l'autre.
Copiez consciencieusement
Dans l'ordre où elles ont quitté le sac.
Le poème vous ressemblera.
Et vous voilà un écrivain infiniment original et d'une sensibilité charmante, encore qu'incomprise du vulgaire. »

Ces dossiers ont été réalisés en collaboration avec Nicole Bustarret.

L'AUTEUR

Éric Sanvoisin s'est établi en Bretagne, dans les Côtes-d'Armor, après avoir successivement habité le Loiret, la Seine-Maritime, la Drôme et l'Essonne. Pourtant, ce n'est pas un grand voyageur, bien qu'il passe une grande partie de sa vie dans les trains. La preuve, c'est qu'il ne s'est jamais éloigné de plus de mille kilomètres de chez lui ! Par contre, dans sa tête, il voyage souvent et parfois très loin. Mais pas de ticket ni de réservation à prendre cette fois, car il est le conducteur de la locomotive à encre. Sur des rails de papier, le TGV (Texte à Grande Vitesse) file comme une plume. Attention au départ...

L'ILLUSTRATRICE

Catherine Chion est née en 1963 à Vienne, au bord du Rhône. Elle a suivi les cours des Arts Décoratifs de Strasbourg, animés par Claude Lapointe. Elle aime la montagne, la musique et la nature.
Lorsqu'elle illustre un ouvrage, elle pense souvent aux gens qu'elle côtoie pour donner plus de présence aux personnages qu'elle invente.

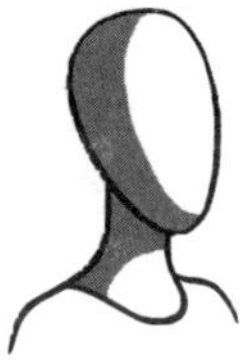

COLLECTION
Cascade

11 - 12

À CLOCHE CŒUR
Marie-Florence Ehret.

L'ACROBATE DE MINOS
L.N. Lavolle.

ADIEU BENJAMIN
Chantal Cahour.

UNE AMITIÉ BLEU OUTREMER
Yvon Mauffret.

L'AMOUR K.-O.
Jean-Paul Nozière.

B COMME BÉATRICE
Geneviève Senger.

LE BALLON D'OR
Yves Pinguilly.

BONS BAISERS DE CALIFORNIE
Marie-Noëlle Blin.

C'EST LA VIE, LILI
Valérie Dayre.

UN CŒUR AU CREUX DE LA VAGUE
Hortense Cortex.

COMME SUR DES ROULETTES
Malika Ferdjoukh.

COUP DE FOUDRE
Nicole Schneegans.

LA COUR AUX ÉTOILES
Évelyne Brisou-Pellen.

CYRANO JUNIOR
François Charles.

LE DÉFI DE MISS CAMBOUIS
Marie Dufeutrel.

LES DEUX MOITIÉS DE L'AMITIÉ
Susie Morgenstern.

L'ÉTÉ DE SILVIO
Jean-Côme Noguès.

L'ÉTÉ JONATHAN
Marie Dufeutrel.

UNE FILLE DE RÊVES
Éric Sanvoisin.

LA GRIFFE DES SORCIERS
Évelyne Brisou-Pellen.

L'INCONNU DU JEUDI SOIR
Roselyne Bertin.

LE JOUR DU MATCH
Gilberte Niquet.

MON JOURNAL DE GUERRE
Yvon Mauffret.

LE MYSTÈRE DE LA NUIT DES PIERRES
Évelyne Brisou-Pellen.

PAULINE EN JUILLET
Jacqueline Mirande.

UN PONEY BLANC NEIGE
Anne Eliot Crompton.

PRISONNIER DE LA RIVIÈRE NOIRE
Alain Surget.

PRISONNIÈRE DES MONGOLS
Évelyne Brisou-Pellen.

RENDEZ-VOUS AU COLLÈGE
Stéphane Méliade.

LE RÊVE DE L'OISEAU BLEU
Roger Judenne.

LE SECRET DE JESSICA
Michel Amelin.

SÉRIE NOIRE POUR BABACAR
Michel Girin.

UNE SIXIÈME EN ACCORDÉON
Jean-Paul Nozière.

LE TRÉSOR DU MENHIR
Yvon Mauffret.

UN TRÉSOR DANS L'ORDINATEUR
Jacques Asklund.

LA VOIX DU VOLCAN
Évelyne Brisou-Pellen.

COLLECTION

Cascade

CASCADE POLICIER

À L'HEURE DES CHIENS
Évelyne Brisou-Pellen.

ALLÔ ! ICI LE TUEUR
Jay Bennett.

ASSASSIN À DESSEIN
Claire Mazard.

L'ASSASSIN CRÈVE L'ÉCRAN
Michel Grimaud.

L'ASSASSIN EST UN FANTÔME
François Charles.

CENT VINGT MINUTES POUR MOURIR
Michel Amelin.

CHAPEAU LES TUEURS !
Michel Grimaud.

LE CHAUVE ÉTAIT DE MÈCHE
Roger Judenne.

COUP DE BLUES POUR DAN MARTIN
Lorris Murail.

COUPS DE THÉÂTRE
Christian Grenier.

CROISIÈRE EN MEURTRE MAJEUR
Michel Honaker.

DAN MARTIN DÉTECTIVE
Lorris Murail.

DAN MARTIN FAIT SON CINÉMA
Lorris Murail.

LE DÉMON DE SAN MARCO
Michel Honaker.

DRÔLES DE VACANCES POUR L'INSPECTEUR
Michel Grimaud.

HARLEM BLUES
Walter Dean Myers.

L'HÔTEL MAUDIT
Alain Surget.

L'IMPASSE DU CRIME
Jay Bennett.

LA MALÉDICTION DE CHÉOPS
Jean Alessandrini.

MENSONGE MORTEL
Stéphane Daniel.

NE TE RETOURNE PAS
Lois Duncan.

L'OMBRE DE LA PIEUVRE
Huguette Pérol.

OMBRES NOIRES POUR NOËL ROUGE
Sarah Cohen-Scali.

ON NE BADINE PAS AVEC LES TUEURS
Catherine Missonnier.

L'ORDINATUEUR
Christian Grenier.

PAS DE QUOI RIRE !
Jean Alessandrini.

PIÈGES ET SORTILÈGES
Catherine Missonnier.

QUI A TUÉ ARIANE ?
Yves-Marie Clément.

RÈGLEMENT DE COMPTES EN MORTE-SAISON
Michel Grimaud.

SIGNÉ VENDREDI 13
Paul Thiès.

LA SORCIÈRE DE MIDI
Michel Honaker.

SOUVIENS-TOI DE TITUS
Jean-Paul Nozière.

LE TUEUR MÈNE LE BAL
Hervé Fontanières.

LE VAMPIRE CONTRE-ATTAQUE
Hervé Fontanières.

LES VISITEURS D'OUTRE-TOMBE
Stéphane Daniel.

LES VOLEURS DE SECRETS
Olivier Lécrivain.

Achevé d'imprimer en juillet 1998
sur les presses de l'Imprimerie Hérissey
à Évreux (Eure)
Dépôt légal : juillet 1998
N° d'édition : 3140
N° d'imprimeur : 81056